JN283666

酔いどれ小籐次留書

野《の》分《わき》一《いっ》過《か》

佐伯泰英

幻冬舎文庫

酔いどれ小籐次留書

野《の》分《わき》一過《いっか》

目次

第一章　嵐の出来事

一

予兆は雷だった。

ごろごろごろ
という秋雷が空に疾《はし》ったかと思うと、一天俄《にわ》かに掻《か》き曇り、大粒の雨が落ちてきた。そんな雨がすでに半日も続き、江戸八百八町を風雨が大きく、激しく揺さぶっていた。

「酔いどれの旦那《だんな》、なんだか嫌な雷様と雨だぜ」

と隣の住人、版木職人の勝五郎が小籐次《ことうじ》に言った。

「野分《のわき》の前触れか」

「そんな気がしやがる」

長屋の腰高障子から顔を突き出した勝五郎が、同じく無精髭《ぶしょうひげ》を曝《さら》した小籐次に言った。

「となると、商売道具を陸《おか》に上げておくか」

と呟《つぶや》いた小籐次に勝五郎が、

「おまえさんがこの長屋に引っ越してくる前のことだ。野分が江戸を襲ったと思ったら、一気に水嵩《みずかさ》が増してよ、泥海に化けやがった。この界隈《かいわい》は海に近いから、御堀から流れ出る雨水が溜《た》まるのが早いんだ。あんときゃあ、畳の上二尺ほどまで水が来たぜ」

「そのような大水がのう」

と言って小籐次は九尺二間の長屋を振り返った。

駿太郎《しゅんたろう》は、小籐次が手造りした木刀を腰に差して雨漏りを見詰めていた。

板屋根の隙間から水が染みて、部屋の中のあちらこちらで落ちるのを木桶《きおけ》や鍋《なべ》で受けているので、
ぽちゃんちゃぽん
としずくが垂れる度に音がして水滴が跳ねるのが面白いらしい。

「酔いどれ様よ、舟を長屋の敷地に上げたって、水が出りゃあ一気に海に持っていかれるぜ。今のうちなら久慈屋《くじや》に運べるだろ。あそこなら、この界隈より高いや」

よし、と応じた小籐次は、

「勝五郎どの、駿太郎を頼む」

「引き受けた」

小籐次は水が出たことを想定し、部屋の隅の夜具を足台の上に載せた。駿太郎と自分の着替えを風呂敷に包み、その上に積むと、自らが工夫した壁の隠し棚から孫六兼元とわずかばかりの貯えを出し、巾着《きんちゃく》に入れて懐に仕舞った。あとは研ぎの道具をどうするかだ。

「駿太郎、勝五郎どのの長屋に行っておれ」

「じいじい、どこいく」

「久慈屋様にな、商売道具の砥石と小舟を預けてくるでな」

土間に下りた小籐次は蓑《みの》と菅笠《すげがさ》をかぶり、油紙で包んだ孫六兼元と、先祖が戦場から拾ってきた備中次直《びっちゅうつぐなお》二尺一寸三分を差した。小柄な腰に大刀二本と脇差《わきざし》を差すと、まるで串刺しの田楽だ。

「勝五郎どの、頼む」

駿太郎を願うと、小籐次は盥《たらい》を抱えて大雨の中に飛び出した。

「気をつけて行くんだぜ」

代わりに勝五郎が、駿太郎を引き取るために小籐次の長屋に飛び込んできて、

「ほれ、駿ちゃん、おれの腕にきな」

と抱き上げ、自分の長屋に戻っていった。

水嵩が増した入堀のあちこちで、濁った水が渦を巻いていた。石垣下に舫《もや》われた小舟も流

れに押されて石垣にごつんごつんと当たっていた。

「一つ遅れるとえらいことであった」

水が溜まった長屋の敷地に盥を下ろした小籐次は、小舟に飛んだ。

小籐次を乗せた小舟は激しく揺れた。そこへ勝五郎が姿を見せて、商売道具が入った盥を抱えて、

「ほれ、旦那」

と差し出した。

「風雨の中、造作をかけた」

舫い綱を解いた勝五郎が綱を小舟に投げ入れ、

「気をつけて行きな」

と送り出した。

水流で石垣に押し付けられる小舟を小籐次は強引に流れの真ん中に押し戻すと、棹《さお》を使って堀へと向けた。

「行って参る」

勝五郎に挨拶《あいさつ》した小籐次は目に染みる雨を拳《こぶし》で拭《ぬぐ》って入堀の石垣を押した。

よどんだ水面《みなも》が牙《きば》を剝《む》いていた。

小籐次は棹の先をしっかりと底に差して小舟を進めた。

入堀から堀に合流するところで小舟は水勢に揉《も》まれた。

だが、小籐次は亡き父から来島《くるしま》水軍流の武芸を伝授されていた。その中には剣術の他に船を操ることのすべての技が含まれていた。

伝授された技のすべてを駆使して、小籐次はようやく小舟の舳先《へさき》を芝口橋の方角に向け、流される倒木を避《よ》けながらなんとか久慈屋の船着場の見えるところまで上がってきた。

久慈屋が所蔵する荷船や猪牙舟《ちょきぶね》はすでに陸に上げられ、綱でしっかりと固定されていた。

荷運び頭の喜多造が一隻一隻点検していたが、小籐次の小舟に気付き、船着場に飛んでおりてきた。

「赤目《あかめ》様、もう少しだ。ほれ、そこで力を抜いちゃなりませんぜ」

と激励してくれたおかげで船着場に舳先を着けることができた。すると小僧の梅吉が身軽に小舟に飛び移り、舫い綱を、

「頭」

と言って手渡した。

小僧の国三は、失態を重ねて水戸領内西野内村の久慈屋本家で再修業を命じられたため、江戸を離れていた。その代わりに雇われたのが梅吉だ。

「梅吉、両手でしっかりと杭を抱えていろ」

喜多造が、機転を利かせた梅吉に命じながら舫い綱を杭に結んだ。そこで小籐次は砥石を入れた盥を船着場に上げた。そうしておいて、

「梅吉さん、そなたから上がってくれ」

と梅吉の腰を持ち上げて船着場に戻した小籐次は、小舟が大きく揺れる間を計って、
ひょい
と船着場に飛び上がった。

「まるで猫ですね」

と梅吉が小籐次の身軽さに驚いた。

梅吉も喜多造も小籐次も濡《ぬ》れ鼠《ねずみ》だ。

「よし、舟を持ち上げるぞ」

喜多造の合図で、揺れる小舟の舳先と艫板《ともいた》を摑《つか》んで持ち上げようとしたが、水流に押されてなかなか持ち上がらなかった。するとそこへ手代の浩介らが駆け付け、忽《たちま》ち小舟は船着場に上げられた。

「ふうっ、助かった」

「赤目様、のんびりしていると船着場は沈みますぜ」

「頭、河岸道《かしみち》に上げますよ」

と浩介も口を添えて、船着場から皆の手で河岸道に上げられ、荷船の間に固定された。

「お蔭《かげ》様で間に合うた」

「赤目様、この風雨は野分の前兆だ。明日まで続きますぜ」

と喜多造が勝五郎と同じ考えを述べた。

小籐次は堀の水面に視線を戻した。最前まで小籐次らがいた船着場にひたひたと水が押し寄せていた。

「芝口新町界隈が水没したことがあったそうじゃな」

「文化七、八年（一八一〇、一一）の秋のことでしたかね」

と喜多造が思いを馳《は》せた。

「赤目様、駿太郎さんはどうしてます」

浩介が気にした。

「勝五郎どのの家で面倒を見てもろうておる」

「駿太郎さんを連れてお店に参られませんか」

久慈屋の一人娘のおやえと所帯を持ち、ゆくゆくは久慈屋の大所帯を継ぐことになる浩介が言った。

「われらだけ久慈屋に避難するのもいささか気が引ける。かようなときこそ、長屋の方々と力を合わせて新兵衛長屋を守りたいでな」

小籐次は砥石を入れた盥と孫六兼元を、

「浩介どの、商売道具と兼元を預かっては頂けぬか」

と願った。

「それは宜《よろ》しゅうございますが」

浩介が梅吉に店に運ぶよう命じた。

その間にも御堀の水嵩はどんどん上がっていく。

「それがし、長屋に戻る」

「赤目様、なんぞあれば直ぐに駿太郎さんを連れてうちに来て下さい」

「久慈屋さんも気をつけてな」

風雨はさらに激しさを増していた。

小籐次は東海道に架かる芝口橋を渡った。

雨煙をついて橋を往来する人影があった。だが、普段の賑《にぎ》わいに比べれば少なく、界隈のお店《たな》も表戸を下ろし、通用口から手代や小僧が表の様子を眺めている。中には、店の中に水が入ることを案じて土嚢《どのう》や板を店前に用意しているところもあった。

橋を渡りきろうとしたとき、鳶口《とびぐち》を携えた鳶の連中が御堀沿いに見回りに来た。

「ご苦労にござる」

蓑と菅笠姿の小籐次を見た鳶の頭が、

「酔いどれの旦那かえ。てえへんな雨になったな」

「頭は水辺の見回りにござるか」

「なにかあってもいけねえからね。この野分は尋常じゃねえ。新兵衛長屋は入堀に面してるから、危ないと思ったらすぐに避難するこったぜ」

「避難すると言うても、どこに参ればよいかな。長屋には子供もいれば年寄りもいるでな」

「早めに増上寺に行くか、水が出たことを考えれば愛宕山《あたごやま》かねえ」

「そうじゃな、愛宕権現ならば確かじゃな」

「なんたって江戸一番の高さの山だからな」

と鳶の頭が請け合った。

江戸は江戸湾の湿地を利用し、神田川沿いの高台を突き崩して開拓された都だ。山らしい山はない。家康の守護将軍像を安置して慶長八年（一六〇三）に社殿が完成した愛宕権現社のある愛宕山が、海抜九十余尺で一番高い、

「山」

だった。

「よし、われら新兵衛長屋も早めに避難致す」

と頭に言い残した小籐次は、溜池から流れ出る御堀の右岸沿いを新兵衛長屋に走り戻った。

その間にも水位は上がったとみえ、新兵衛長屋の木戸を潜《くぐ》ると、長屋じゅうが入堀の水面を見詰めていた。

「勝五郎どの、今戻った」

おおっ、と答えた勝五郎の顔が険しかった。

「こいつは油断がならねえぜ」

入堀の水位は長屋の敷地から一尺数寸下まで迫り、濁った水が塵芥《ちりあくた》とともに大きな渦を巻いていた。

ぐずぐずしていたら小舟を久慈屋に預けることもできなかった、と小籐次は自らの決断に安堵《あんど》した。

「勝五郎どの、長屋に戻り、持ち出す荷を拵《こしら》えたほうがよくはないか」

「赤目様、私もそのことを考えておりました」

と新兵衛の婿の桂三郎が応じた。

「うちの長屋には年寄り子供もいるでな、早めに避難を致そう。鳶の頭は愛宕山なら確かだと言うたが、どこへ避難するのがよかろうか」

と小籐次は長屋の差配と住人に訊《き》いた。

「先年は芝神明の社務所だったぜ。なにしろ愛宕山はあの急な石段に坂だ。とてもじゃねえが、新兵衛さんや子供を連れて登るのは難儀だ。今度も芝神明にしねえか」

「芝神明ならば急な段々を登ることもないな。それに、それがしも知らぬ仲ではない」

と最後は呟くように言った。

いささか縁あって、小籐次は芝神明の大宮司西東正継の窮地を救ったことがあった。

芝神明に伝来する宝剣雨斬丸で、西東大宮司の馴染みの男女、藤葵が社殿前で首を突いて死んでいた事件に絡んでのことだ。

小籐次と難波橋の秀次親分が事件を解決して大宮司の名誉を守ったのだ。

大宮司の西東正継も小籐次に恩義を感じて、そのお礼にと寺の所蔵の刀剣の中から孫六兼元を小籐次に贈っていた。

そのような経緯《いきさつ》があり、小籐次にとっても芝神明社は馴染みの場所だった。

「赤目様、避難は早いにこしたことがございません。芝神明社を頼りにするご町内は結構ありますからね」

桂三郎の言葉に、

「よし、皆、長屋に戻って、手に提げられるだけのものを持って木戸口に集まるぜ」

と勝五郎が応じ、雨煙の中、全員がばたばたと長屋に走り戻った。

小籐次が長屋に戻ってみると、雨漏りを受けていた器はどれも一杯になっていた。慌てて水をどぶに流し、また雨漏りの下に置いた。

夜具の上に包んでおいた着替えとどてらを一緒に包み直すと仕度はなった。ふと台所を見ると貧乏徳利が目に付いた。

小籐次は景気づけに口で栓を開け、きゅっと一杯飲んだ。喉《のど》を通った酒が冷え切った五臓《ごぞう》六腑《ろっぷ》に染みわたり、体の芯《しん》が温かくなった。

「よし」

風呂敷包みを背に負い、菅笠と蓑を着け直して貧乏徳利を手に提げた。

「酔いどれ様、こんな最中でも酒だけは手放せないか」

と言う勝五郎も手に提げていた。

「全員、揃うたか」

「いいや、まだ半分だな」

差配の新兵衛の家には大八車《だいはちぐるま》があったとみえて、荷を積んだ上に新兵衛が鎮座して、

「花見じゃ、花見じゃ。皆の衆、墨堤《ぼくてい》の桜が今年も綺麗に咲きましたな」

と独り自分だけの世界に浸りきっていた。

「おい、棒手振《ぼてふ》りの吾助さんとこが顔を揃えると長屋全員か」

尻端折《しりはしょ》りした勝五郎が叫び、

「揃ったようだぜ」

と言う声がして、大八車の新兵衛の傍らに駿太郎ら小さな子が三人乗った。

姉さん株のお夕は徒歩で大八車に従い、芝神明を目指していった。とはいえ風が吹きすさび、雨が斜めに叩きつけるように降りこめる中だ。

東海道に出るのさえ苦労した。

それでも新兵衛長屋の決断はどこよりも早かったと見えて、東海道に人影はなかった。もっとも、この界隈の両側は芝口町、源助町、露月町《ろげつちょう》など薄い町屋で、その背後には大名家の江戸屋敷が門を連ねている。町屋より武家地が多いだけに、避難するという考えはないらしい。

東海道のあちこちに水溜りができて新兵衛長屋の面々はずぶ濡れだ。

ようやく神明町と浜松町の辻に口を開けた芝神明の参道に出て、一行はほっとした。

「花見じゃ、花見じゃ」

と叫ぶ新兵衛の声もどことなく弱々しくなっていた。

芝神明とか、芝神明宮とか界隈の人々に呼ばれていたが、正式には、

「飯倉神明宮」

だ。別当は金剛院と称し、古文書に、

「武蔵国《むさしのくに》 飯倉御厨《みくりや》」

と所在地を記す。元々飯倉の地にあったものが芝に移ったものらしい。

その芝神明社の門前町の茶店なども固く表戸を閉ざしてひっそりとしていた。

門と二の鳥居を潜り、さらに大きな山門を潜った一行は、本堂を前にして両側に並ぶ大黒天神、稲荷《いなり》などの祠《ほこら》を過ぎて社務所に到着した。

桂三郎と勝五郎が掛け合いに行った。だが、埒《らち》が明かないのか、二人はなかなか戻ってこなかった。

新兵衛の機嫌も段々と悪くなり、お夕やお麻を困らせ始めていた。そこで小籐次が様子を見に行くと、社務所の中で押し問答が続いていた。どうやら、芝町内の多くが避難してくるので、その調整がつくまで待て、と芝神明側は主張しているらしい。

「そちら様の事情は分かりました。ですが、年寄り子供が雨風に打たれております。軒下でも貸してもらえませんか」

と懇願するのは桂三郎だ。

ちょうどそこへ小籐次が戸口に立ち、菅笠と蓑を脱いで社務所に入った。すると社務所の奥から、西東正継大宮司が姿を見せた。

「おや、赤目様、なんぞ御用にございますかな」

と声をかけた。

「いや、すでにこちらの二人が掛け合いをなしており申す」

「えっ、こちらは赤目様と同じ長屋にございますか」

「いかにも、芝口橋の久慈屋の家作でしてな。それがしも世話になっておる」

「赤目様、知らぬこととは申せ、失礼を致しました」

西東大宮司が社務所を振り返り、

「酔いどれ小籐次様のお長屋の面々ですぞ。奥の院に部屋を用意なされ」

という鶴の一声で新兵衛長屋の落ち着き先が決まった。

二

芝口新町の新兵衛長屋の面々は、芝神明社の奥の院、禰宜《ねぎ》ら奉公人が寝食をともにする御厨の傍らの大部屋を貰った上に、ずぶ濡れの体を大きな内湯に入れてもらい、乾いた衣類に着替えてほっと安堵した。

芝神明社の境内《けいだい》と参道は江戸でも有数の盛り場で、境内では宮芝居や勧進相撲、さらには富籤《とみくじ》興行などが常設されていた。さらに参道には水茶屋、楊弓場なども立ち並んで一大歓楽街の趣を併せ持っていた。

祭礼は晩秋の九月十六日を中心に、十一日から二十一日まで長々と行われた。ためにだらだら祭りと称されたのだ。

新兵衛長屋の面々がひと息ついた頃合、芝神明社を頼って芝各町内の住人が避難してきた。

「酔いどれの旦那、おまえさんのお蔭で助かったぜ」

と勝五郎が皆を代表して言った。

「なにが幸いするか分からぬな」

と小籐次も感激の体《てい》で言い返した。そこへお麻が言い出した。

「赤目様、私たちは早めの避難でこのような、よい部屋をお借りして落ち着くことができましたが、これから見える方々はそうはいかないでしょう」

「赤目小籐次様があちらこちらの町内にいるわけではないからな」

と勝五郎が応じた。

「そこで一つお願いがございます」

「なんだね、お麻さん」

「赤目様、年寄り子供は別にして、私たちもなにか役に立ちとうございます。芝神明社様のお手伝いができませんでしょうか」

「おお、いいところに気付かれた」

「そりゃそうだ。おれたち、物見遊山に芝神明に来たわけじゃねえからな」

と応じた勝五郎が、

「酔いどれの旦那、お麻さんと一緒に、大宮司さんに申し出てくれねえか。ここは一番おまえさんが出張るのがよかろうじゃないか」

と勝五郎に言われて、小籐次とお麻は社務所に戻った。するとこの一刻（二時間）余りの内に様相が一変していた。そこには大勢の避難する人々がいてごった返していた。

小籐次は西東大宮司に手伝いを申し出た。

「赤目様、猫の手も借りたいときです、助かります」

と即座に応じた大宮司が若い神官の一人を呼び、その旨を伝えると、

「大宮司、長屋の男衆《おとこし》、女衆《おんなし》には台所の助っ人をしてもらい、赤目小籐次様にはこの社務所で頑張ってもらいましょうか」

と即座に提案した。

「それがし、ここでなんぞ役に立とうか」

「避難してこられたお方には浪人さんもおられましてな、あれこれと無理難題を申されます」

と禰宜は声を潜めて、人込みの一角に目を遣《や》った。

「ほれ、あちらのお方も金杉川河口の浜松町裏長屋から避難してこられたのですが、われら武士三人ゆえ一つ部屋を寄越せだの、台所の側がよいだの、まるで湯治場に行かれたようなことを大声で強要なさっておりますので」

「なんですって、芝神明社は湯治場の旅籠《はたご》じゃございません。勘違いも甚だしいわ」

とお麻が呆れた勢いでつい声を張り上げた。すると三人の内の一人がぎろりとした視線をお麻に向けた。それを見たお麻が慌てて手で口を押さえ、首を竦《すく》めた。

江戸の暮らしに慣れておらぬ、そんな風情の浪人者で、腕を頼りに身過ぎ世過ぎを送ってきた輩《やから》に見えた。

社務所の中で未だ菅笠をかぶり、雨垂れを土間に落としているのはこの三人だけだ。

「女、われらがことか」

「いえまあ、その」

「われらはだれも湯治場に物見遊山に来たなど考えておらぬ。町人どもと一緒ではそちらのほうがなにかと窮屈になるであろうと思うて、ひと部屋を要求しておる」

「あらまあ、理屈もあったもんですね。泥棒にも三分の理というのがこれでしょうか」

お麻は、小籐次が傍らに付いていることを頼りに居直った。あまりに三人の傍若無人の振舞いに呆れたからだ。

「なに、われら武士を差して、泥棒と吐《ぬ》かしたか。許せぬ、そこへ直れ」

と居丈高に脅した。

「あら、おもしろうございますね。このお麻の首を刎《は》ねようと仰《おっしゃ》るのですか。このお麻には、御鑓拝借《おやりはいしゃく》、小金井橋十三人斬りの酔いどれ小籐次様こと赤目小籐次様がついていなさるんですよ。それを承知で無理難題を押し通されますか」

お麻の啖呵《たんか》に、その場にいた人々が、

「おっ、酔いどれ様も芝神明に避難かい」

とお麻の傍らでひっそりと控えていた小籐次を見た。

「お麻どの、あまり嗾《けしか》けてはならぬぞ。相手も引っ込みがつかなくなるでな」

ぼそりと小籐次が言うと、お麻を脅していた巨漢浪人が二人の前に歩み寄り、

「最前からの雑言、許せぬ」

と刀の柄に手をかけてみせた。

「およしなさいましな、浪人さん。喧嘩《けんか》は相手を見てするもんですよ。芝口新町の新兵衛長屋、私のお父っぁんですけど、最近呆《ぼ》けちまいまして、娘の私が差配を任されておりますが、その長屋には、赤目小籐次様がお住まいなんですよ」

とお麻が腹立ち紛れに言い放った。

いつもは大人しいお麻がこれほど立腹するのは珍しい。大勢の人々が難儀している時に横車を押す浪人三人組に、怒りを覚えたからだろう。

「酔いどれとはそこの爺《じじい》か」

「知り合いでもないそなたから爺などと呼ばれたくはないぞ」

と小籐次が抗議した。

相手は六尺になんなんとする巨漢浪人だ。五尺そこそこの年寄り小籐次を見縊《みくび》ったか、

「酔いどれとやら、怪我をしたくなければ引っ込んでおれ。われら、風雨に打たれていささか機嫌が悪い」

「芝神明のご好意にすがろうという者が、部屋を一つ寄越せだの、部屋は台所の近くに致せなど、いささか我儘《わがまま》が過ぎるというもの。避難の方々がこれからも詰めかけてこられよう。互いを気遣いながら野分が過ぎるを待つのだ。おぬしら、今一度雨に打たれて頭を冷やした

ほうがよかろう」

「吐《ぬ》かしおったな」

と叫んだ巨漢が刀を抜いた。

「あああ、酔いどれ様を前に刀を抜いちゃったよ。この木偶《でく》の棒侍、哀れ、一巻の終わりだね。なんまいだぶ、なんまいだぶ」

と見物衆から嘆声が上がり、

「大家さん、芝神明の社務所でなんまいだぶはなかろうじゃないか」

と周りを囲んだ店子の一人が応じた。

ずぶ濡れで避難してきた人々は、一時野分のことを忘れて呑気《のんき》に言い合った。その声が耳に入っていよいよ三人組はいきり立ち、仲間の二人も刀の柄に手をかけた。

「弱ったのう」

と言いながら小籐次が、三人との間合いを測った。

「そなたらにはこの芝神明社はいささか不似合い、無理を通してもあとが厄介じゃ。どこぞに行かれぬか」

「爺、その雑言、もはや許せぬ」

「ならば三人一緒に始末を致すが、よいか。それがし、西東大宮司様より、野分が去るまで芝神明社の臨時雇いを命じられたでな。平たく申せば飯倉神明宮の用心棒にござる」

「爺、用心棒などと吐《ぬ》かしおったな。そなたの素っ首、この矢作《やはぎ》権之兵衛貰い受けた」

最初に刀を抜いた巨漢浪人が八双《はっそう》に構え、菅笠の下の髭面で小籐次を睨《にら》み据えた。

「お仲間はどうなさるな」

と小籐次が腰の孫六兼元を捻《ひね》りながら、じろりと二人を睨み返した。

小籐次の表情が一変していた。その険しさを増した顔に釣られたように、巨漢の仲間二人も剣を抜いて助勢に加わった。

「来島水軍流を使うにはいささか相手に不足じゃが、致し方なかろう」

ぼそぼそとした小籐次の呟きが洩れた。

「いよいよ許せぬ」

巨漢が小柄な小籐次を踏み潰《つぶ》す勢いで、八双の刀を小籐次の脳天に叩きつけてきた。

するり
と小籐次の体が相手の振り下ろす刀の下に入り込むと、二尺一寸三分の孫六兼元が逆手に抜かれて鞘走《さやばし》り、
くるり
と峰に返され、巨漢の胴をしなやかに叩くと、戸口から、一段と風雨が激しくなった表に

つんのめるように転がした。

「やりおったな！」

仲間二人が左右から剣を振るって襲いかかった。

だが、小籐次はすでに構え直した孫六兼元を右手の相手の左脇腹に打ち込み、その勢いのまま横に滑って左手のもう一人の胴も叩き、戸口から篠突《しのつ》く雨の表に次々に転がした。

一瞬の早業だ。

「来島水軍流流れ胴斬り、情けの峰打ち」

この言葉が小籐次の口から洩れて、峰打ちの剣が鞘に戻された。

呆然《ぼうぜん》として言葉も忘れていた見物衆から、

「よう、日本一！」

「一首千両、酔いどれ様！」

の声がかかった。

「赤目様、有難うございました。これで溜飲《りゅういん》が下がりました」

とお麻が小籐次に一礼して、

「おきみさんたちと台所の手伝いに参ります」

と社務所から姿を消した。

三人の浪人剣客の無理難題を小籐次が裁いたというので、避難してきた町内の住人たちも大人しく社務所の命に従うようになり、それぞれの避難場所が定まっていった。

なにしろ芝神明社は、江戸に知られただらだら市の神社だ。その祭りの間に境内や参道で商売する香具師《やし》や百姓衆が寝泊まりする小屋や長屋が無数にあった。そこへ奥から順に詰めていくことになり、社務所は急に静かになった。

「早速のお働き、真にありがとうございました」

と西東大宮司も満足げだ。

「赤目様、こちらに上がって控えて下さい」

と若い神官が社務所の上がり框《かまち》に座布団を敷いてくれた。

小籐次は孫六兼元を鞘ごと抜くと、

「お言葉ゆえこちらに控え申す」

と座布団の上にちょこなんと座した。

しばらく姿を見せなかった避難の住人が、立て続けに社務所に飛び込んできた。

「大潮と重なってよ、湊《みなと》町界隈に潮水が上がったぜ」

「芝金杉裏も水が入った」

と次々に野分の被害がもたらされた。それらの人々を社務所の神官らが手際よく部屋割りして避難所に送り込んだ。

　中には小籐次が鎮座しているのを見て、

「おや、酔いどれ様、招き猫の真似かえ」

　と尋ねる者もいた。

「野分のせいで避難してきた皆様をこの爺が招いて、なんぞお役に立つかのう。ともかくご苦労にござったな。長屋ごとに屋根の下に落ち着いて下され」

「有難いぜ」

　と受けた土手跡町の裏長屋の住人の一人が手にしてきた貧乏徳利を、

「招き猫様、まあ、一杯、景気づけに飲んでくんな」

　と小籐次に差し出した。

「このような時だ。酒は遠慮しておこう」

「酔いどれ様の酒は別格だ。それによ、芝神明の境内で頂戴するのはただの酒じゃねえ、御《お》神酒《みき》だぜ」

　と重ねて勧めた。

「困ったのう」

「赤目様、皆様からの貢物の御神酒、一口だけでもお飲み下され」

と西東大宮司にも勧められて、

「ならば一口頂戴致す」

と貧乏徳利を受け取った。

徳利の栓を口で抜いて小籐次がごくりと飲み、

「かたじけのうござった」

と相手に返すと、

「天下の酔いどれ様が一口か」

「御神酒にござればな」

と相手に返すと職人らしい相手が、

「ならばおれも御神酒のお流れを」

とぐびりぐびりと飲んだ。

「芳、おれにも回せ」

「おれが先だ」

「みなの衆、酒盛りは部屋でなされ。表にも避難の衆が待っておられるでな」

と小籐次に注意されて、

「おっと、さようでございましたね」

と素直に表に出ていった。

刻限を追うごとに避難の住民の顔に疲れが見えて、風雨に長時間打たれていたのか、がたがたと震えている年寄りもいた。そんな人々は、火鉢で暖くした社務所裏の大座敷に引き取り、着替えをさせて休ませた。

いつの間に夜が訪れていた。

芝神明社の杉の大木が風に揺れる音が恐ろしげに響き、どこかで川が決壊したか、半鐘が乱打されているのが聞こえた。

さすがにこの時刻、芝神明社に避難してくる者はいなかった。それぞれが避難先に落ち着いたか。

この界隈には芝神明社の他に増上寺があり、愛宕権現もあった。また大名屋敷が東海道の両側に門を連ねていたため、いざとなれば大名屋敷も表門を開いて町内の人々を収容した。

「お蔭様でなんとか落ち着きました、赤目様」

と西東大宮司が小籐次に言ったとき、社務所に勝五郎、桂三郎、お麻らが、握り飯に漬物を添えて板重で運んできた。

「勝五郎どの、避難の方々に飯は行きわたったかな」

「お蔭様で、どの部屋にも炊き立て握り立ての握り飯が届けられたよ。そこで台所の神官さんがよ、社務所にも持っていきなされと言ってくれたんで運んできたんだ」

と板重を板の間に置いた。

「お麻さん、うちの長屋の連中に変わりはござらぬか」

「赤目様、お蔭様でお父つぁんも上機嫌です。皆と一緒にいられるのが嬉しいらしいんです」

と答えていた。

「野分はこれからが山だ。お麻さん、部屋の戸締まりをして少し体を休めなされ」

と小籐次が命ずると、

「駿太郎さんはたしかにお預かりしておりますから、赤目様もご安心を」

と桂三郎が言いおいて、お麻と一緒に新兵衛長屋に割り当てられた部屋に戻っていった。

勝五郎は野分に興奮したか、社務所に残った。

「勝五郎どの、夕餉《ゆうげ》は食したかな」

「食べたぜ。ここが最後だよ」

「ならば頂こうか」

小籐次が茶で握り飯を食べようとしたとき、顔見知りになった若い神官の青木正吾が、

「赤目様にお茶では気の毒にございましょう。こちらをどうぞ」

と盆に茶碗を二つ載せてきた。

茶碗からぷーんと酒の香りが漂った。

「おっ、これは恐縮至極にござる」

「酒とは神官さん、気を利かせたな」

「御神酒にございます。間違いなきように」

と青木神官に釘を刺された勝五郎が、

「おっと、そうでした、そうでした」

と嬉しそうに茶碗酒に手を伸ばした。

茶碗酒二杯でお積もりにした小籐次は、握り飯を三つ食して腹を満たした。

夜が更けてさらに風雨が募り、境内の杉の大木が強風に煽《あお》られて折れ、社務所の屋根に、
ばさりばさり
と落ちてきた。

芝神明社の社務所では西東大宮司以下神職の者たちが夜通しの不寝番《ねずのばん》を務めるため、風雨の音を黙って聞いていた。

勝五郎は自分の座敷に戻りはぐれ、小籐次の傍らでこくりこくりと居眠りを始めていた。

三

小籐次、勝五郎、若い神官の青木正吾は、若いおすぎに従い、東海道の宇田川橋から東に入った新銭《せんざ》座町に向かった。

新銭座町は宇田川町の東に位置して、陸《む》奥《つ》会《あい》津《づ》藩松平家中屋敷の南に細長く伸びた片側町だ。

古くは網干場であったとか。それが寛永十五年（一六三八）に水戸藩の郷士鳴海兵庫なる者が新銭鋳造の場所として幕府から拝借し、寛永通宝の銭座とした。

のちに銭座は他の地に移り、貞享三年（一六八六）に能役者観世新九郎らが新銭座跡地に町屋敷を拝領し、その後、家屋敷が建ち並び、町並みが整った。

東西に百二十数間と長いが、南北は広いところで十五間から二十間という、ひょろ長い短冊形の敷地だった。

おすぎは、この新銭座町の家に飼い猫を置いてきたとか。水が出るというので町内の人々と一緒に必死で芝神明社まで逃げてきたが、避難所に落ち着いてみたら飼い猫が気になりだし、どうしても家を見に行きたいと社務所に申し出てきたのだ。

青木神官らが、

「この風雨の中、命あっての物種ですよ」

と何度も戒めたが、

「お助けがないのなら一人で戻ります」

と社務所の外に飛び出していきそうな気配だ。

騒ぎに目を覚ました勝五郎が、成り行きを見守る小籐次の耳に囁いた。

「あの界隈はよ、観世の小鼓方や囲碁の名人なんぞ、おらっちとは違う世界の人間が住むところだ。あの女、たれぞの持ち物だな」

と二十一、二の細身ながらまるぽちゃの顔が愛らしい女を見た。

小籐次は芝神明の神木の杉を揺るがす烈風の音を聞きながら、その視界の先でおすぎが裾《すそ》を絡《から》げて身仕度するのを黙然と見た。

勝五郎が白い足首を見て、
ごくり
と生唾を呑み込み、

「おすぎさん、もし水が出ていたら引き返しますよ」

と青木神官が従う決意を見せた。

どうやら芝神明社とおすぎは知り合いのようだった。

「勝五郎どの、新銭座町から芝口新町はそう遠くもない。われらも同道し、その後、新兵衛長屋の様子を見て参るか」

と小籐次が誘った。

「えっ、この嵐の中をですかい」

「残られるか」

勝五郎がおすぎを見て、仕方ねえと呟いた。

そんなわけで四人の男女が風雨の中、油紙で覆った弓張り提灯《ぢょうちん》に松明《たいまつ》を翳《かざ》し、芝神明社の境内から門前町に抜け出たところだ。

激しい雨で東海道には水溜りができてはいたが、海水が上がった形跡は未だなかった。

風は東海道の芝口橋の方角から金杉橋へと吹き付けていた。

「神官さん、道の東側の軒下を行くほうがなんぼか楽だぜ」

勝五郎の言葉に、三人はおすぎを真ん中にして東海道を横切った。

烈風と雨に蓑と笠をつけた四人はすでにずぶ濡れだ。

風が水溜りの地面から吹き上げてきて、おすぎの裾を巻き上げようとしたが、濡れた衣類が肌に張り付き、足首が見えただけだった。

不意に、青木神官の持つ油紙で包んだ弓張り提灯の明かりは消えた。

勝五郎が手にした松明だけが、なんとか風雨に抗して炎を保っていた。

ふうっ
と四人は旅の道具を扱う店の前で一息つき、宇田川橋へと軒下を歩いていった。

行く手からごうごうと、宇田川橋下を流れる水音が恐ろしげに響いてきた。

この橋下を流れる水は愛宕権現下の大名小路辺りの溝の水を集め、増上寺の境内から流れ出る水と合流し、増上寺の北側の塀外を東に流れ出て、東海道を宇田川橋で横切るのだ。

そんな流れだから、普段は大した水量もない。

それが闇《やみ》の中にそら恐ろしい咆哮《ほうこう》を上げて流れていた。それでもおすぎの決心は変わらないらしく、勝五郎の松明に照らされた流れを見て、

「まだ路地まで水は上がってないわ」

と呟くと新銭座町へと曲がった。

たしかに路地まで水は上がっていなかったが、水面はほぼ地面と平行で、柳の根元を洗うところもあった。

「たまや」

おすぎが飼い猫の名を呼んだ。だが、野分が吹きすさぶ路地では、か細い声は直ぐに風雨

に消された。

おすぎの足が小体《こてい》の門前で止まった。

黒板塀に冠木門《かぶきもん》のように角柱が二本建てられた間に、二枚の引き戸が嵌《は》められた門だが、その門が一尺ほど開いていた。

「あら、たまが外に出たのかしら」

おすぎの声が背越しにして、
するり
と門の敷居を跨《また》いで中に消えた。

男三人、門前で顔を見合わせたが、

「猫がいるかどうかまで見届けようか」

という小籐次の言葉に青木神官が頷き、引き戸を大きく押し開いて、青木、勝五郎、最後に小籐次が門を潜った。

路地だけに南側の武家屋敷の塀に遮られて風は弱められていた。だが、暗い空をごうごうと通り過ぎる強風は男でも恐ろしいほどだ。

門の中には細い敷石道が格子戸の玄関へと伸びていた。

片方の格子戸には雨戸が閉《た》てられていた。野分が吹く日には雨が玄関土間に吹き込まないように格子戸の前に雨戸を閉て回す造りか。それにしても野分が吹きすさぶ時に雨戸を一枚だけしか閉てなかったのか、小籐次の脳裏にそんな考えが浮かんだ。だが、町内の者にせっつかれて避難所の芝神明社に向かったというから、閉め忘れていたのかもしれない、と小籐次は思い直した。

おすぎはすでに菅笠と蓑を玄関前で脱ぎ捨て、

「たま、たま」

と奥に向かって呼んでいた。

勝五郎が持参した松明は、未だなんとか炎を保っていた。

「おすぎさん、行灯《あんどん》はねえかえ。こいつの炎を移そうじゃないか」

真っ暗な室内を見て勝五郎が言った。

「はっ、はい」

おすぎが勝五郎の言葉に玄関土間から廊下に這《は》うようにして上がり、炎が消えていた行灯を玄関まで引いてきた。

「おすぎさん、松明の明かりを移してくんな。おれたち、蓑を着けたままだ。玄関土間が濡れるといけねえ」

勝五郎の言葉を聞いたおすぎが、松明の明かりを行灯の灯心に移そうとした。だが、玄関にも風雨が吹き込んで、なかなかうまくいかなかった。そこで三人が格子戸の外側に並んで楯《たて》となって風と雨を防ぎ、なんとか行灯に明かりが灯《とも》った。

「おれたちはここで待ってるから、心おきなくたまを探してきねえ」

勝五郎が言った。

「皆さんをお待たせしてすみませんね」

と言いながらも、おすぎは飼い猫が気になるのか、濡れた足も気にせず行灯を提げて廊下の奥に消えた。

「たま、たま」

と奥からおすぎの声がして、

「あら、どこにもいないわね」

と呟く声も聞こえた。

「酔いどれの旦那、おれたち、新兵衛長屋に先行しようか」

「いや、こちらの一件が片付いてからでも遅くはなかろう」

と小籐次が応じると、頷き返した勝五郎が青木神官に、

「神官さんはおすぎさんをよく承知のようだね」

と訊いた。

「おすぎさんの旦那は、観世流の笛方で一箏理三郎《いっそう》様って名人にございましてね。一箏家は神明社と深い縁《えにし》がございますので」

そんな因縁があって青木もおすぎの無理を聞いたのか、と小籐次と勝五郎が得心していると、

「おたま、どこにいるの」

と言うおすぎの声に、
みゃうみゃう
とどこからともなく呼応する猫の声が響いた。そして、その直後、

「あああ！」

というおすぎの驚愕《きょうがく》の声がして、

「旦那様！」

という悲痛な叫び声が小籐次らの耳を打った。

「な、なにごとじゃ」

小籐次は蓑と笠をむしり取った。青木神官も続き、勝五郎も松明を表に投げ捨て雨具を脱ぐと、玄関土間から玄関座敷に上がった。

小籐次らが廊下を進むと、雨戸が閉め切られた廊下に二つばかり座敷が続いて、廊下の奥

から明かりが洩れていた。廊下の突き当たりは厠《かわや》と見えて、その戸の前におすぎが呆然と立ち竦んでいた。

「どうした、おすぎさん」

と先頭の小籐次が声を掛けるとおすぎが振り向き、

「だ、旦那様が」

と震える声で応じた。

小籐次らは、厠に仰向けに倒れた四十年輩の男の真っ青な顔を見た。裾がわずかに乱れていた。

「脳卒中か」

と勝五郎が訊いた。

「いや、殺しだな」

と小籐次の平静な声が応じて、おすぎの手から行灯をとり、

「おまえさんはあちらの座敷に下がっているがよい」

と命じると、行灯の明かりを一等理三郎に当てた。すると心臓の辺りに千枚通しが深々と突き立っていた。

「この野分の中で殺しだって」

勝五郎の震える声が尋ね返した。

「自裁ではこうは突き立てられぬ」

と答えた小籐次が、

「勝五郎どの、気の毒だが難波橋の親分のところまでご注進願えないか」

「が、合点だ」

と震える声で答えた勝五郎は、廊下を戻って風雨が吹きすさぶ表に飛び出していった。

「青木さん、一等理三郎さんに間違いないね」

「間違いございません」

と青木神官がきっぱり答えた。

小籐次と青木はおすぎが控える座敷に向かった。

茶室風のすっきりした座敷は居間か、その奥に寝間が続いていた。

おすぎは愛猫のたまを腕に抱いてぶるぶる震えていた。

震えは寒さのせいか、旦那の死を見せられたせいか。小籐次が提げた行灯の明かりに、乱れ髪からぽたぽたと畳に落ちる水滴が光った。

「おすぎさん、この家は普段おまえさんだけが住まいしているのかな」

小籐次の問いにおすぎが顔を横に振り、

「いつもは小女《こおんな》のおつねが一緒なんですが、生憎《あいにく》、実家のおっ母さんが怪我をしたという知らせに、三日前から田端村に戻っております」

「今日、一等様がこちらに来ることになっておったのかな」

　おすぎが激しく顔を振り、

「そんな話は」

「なかったか」

「旦那様は優しいお方でしたから、この嵐に私が怯《おび》えているのではと、見に来られたのではないかと思います」

　おすぎの返答に青木神官も、

「一等様のお屋敷は佐久間小路備前町にございます」

　と言い添えた。

　佐久間小路は、東海道を芝口橋のほうに少し戻り、日比谷稲荷の横を日陰町通りに入り、大身旗本の屋敷を抜けて稲荷小路を西に向かった、続き小路だ。

　稲荷小路も佐久間小路も大名小路、上屋敷が並ぶ界隈だ。

「佐久間小路なら近いのう」

　と小籐次が得心の呟きを洩らした。

旦那の一等理三郎はおすぎの身を案じて、この風雨の中、本宅から駆け付けたのか。

「おすぎさん、濡れそびれたまんまじゃ風邪を引きますよ。乾いたものに着替えてはどうです」

と青木に勧められたおすぎは、無言でがくがくと頷くと、寝間に入って襖《ふすま》の陰で着替えを始めた。

「えらいことになりました」

青木神官が濡れた袷《あわせ》の懐から手拭いを出して顔を拭った。

「一等どのはどのようなお方かのう」

小籐次は、手持ち無沙汰《ぶさた》につい尋ねた。

「観世流の笛方では先代を凌ぐ名人と評判の方で、芸の精進にはなかなか厳しいお方でした。見てのとおりの端整なお顔立ちゆえ、女衆の贔屓《ひいき》も多うございました」

青木が寝間のおすぎを気にしながら小声で小籐次に告げた。

そのおすぎは着替えを終えたか、濡れた衣服を湯殿に持っていく様子で隣の寝間から気配が消えた。すると猫のたまもおすぎに従っているのか、鳴き声が遠のいた。そして、台所と思《おぼ》しきあたりでぼおっと明かりが灯った。

行灯に明かりが入れられたのだ。

「ご本宅には観世本家からお香様と申されるお方が嫁に入られましたが、なにしろ理三郎様の女遊びはやみません。この十数年、お香様が実家に戻られたのは二度や三度ではきかないと聞いたことがございます。ですが、お二人とも離縁の考えはなかったようで、そんな最中、二年ほど前におすぎさんをこちらに囲われると、それをきっかけにぴたりと女遊びが止まったそうです。もっともおすぎさんがお妾《めかけ》さんですから、お香様にとって止まったとは言えますまいが、おすぎさん一人になったことをお香様は喜んでおられるとか」

「女性《にょしょう》にちやほやされるのも面倒の種じゃな」

「いかにもさようです」

と若い神官がはっきりと言い切った。

「それにしても、一箏理三郎どのは雨具をどこに脱がれたのかのう」

「さあて」

と青木神官が気のない返答をした。

そこへおすぎが戻ってきた。急須と茶碗が三つ載った盆を持っていた。その足元にたまが従っていた。

小豆色の江戸小紋に着替えたおすぎは、最前より大人びて見えた。それだけに細面《ほそおもて》の美しさは一段と際立っていた。

「台所の火鉢に埋《うず》み火がありました。鉄瓶に温もりが残っていたので火を掻き立てたら、すぐに沸きました」

おすぎは気の利く女なのだろう。雨風に濡れた青木神官と小籐次を気遣ってくれた。

「頂戴しよう」

と小籐次が茶碗に手を伸ばすと、

「あら、私としたことが」

とおすぎが眉《まゆ》を寄せた。

「どうしました、おすぎさん」

青木神官がおすぎを見た。

「いえ、赤目小籐次様にお茶を出したりして、お酒がよかったかしら」

と立ち上がる素振りを見せた。

「おすぎさん、茶で十分にござる。それにしても、それがしの名をご存じか」

「それはもう。この界隈では赤目小籐次様の評判を知らぬものはございません。つい先日も岩井半四郎丈との市村座での共演、江戸じゅうが沸き立ちましたもの」

「共演もなにもあるものか。あのような仕儀に立ち至ったのはそれがしのせいではない」

「大和屋《やまとや》様の眼千両、酔いどれ様の一首千両。江戸を賑わされましたね」

と青木までが言い出した。

「私、久慈屋さんの店先で赤目様がお仕事をなさる姿を何度も見ました」

「それはそれは」

と答えるしか小籐次に術《すべ》はない。

「今度、私の家の包丁も研いで下さいな」

と願ったおすぎが、

「あら、旦那様が亡くなられた今、いつまでここにいられるのかしら」

と急変した身の上に思い当たったように暗く呟いた。

玄関先で人の気配がして、

「難波橋の親分を連れてきたぜ」

と勝五郎の声がした。

四

半刻（一時間）後、小籐次と勝五郎は新兵衛長屋の木戸を潜った。

難波橋の秀次親分と手下《てか》がおすぎの家に駆け付けてきて、小籐次は老練な御用聞きに事情

を告げると、

「われら、長屋を見回ってまいるが、よいか」

と許しを乞《こ》うた。

「赤目様、堀留付近の水はぎりぎりの水位を保ってますよ。なんとか引き潮まで持ちこたえてくれるとよいのですがね」

と今の状況を告げて、

「芝神明社に避難をなさっているんですってね。久慈屋の大番頭さんが、遠慮しないでうちに来られればよいものを、とぼやいてましたぜ」

と言い足した。

「新兵衛長屋じゅうが、久慈屋さんに押し掛けるわけにもいくまい。このような時こそ、それがしも長屋の役に立たぬとな」

「律儀なことだ」

と応じた秀次が、

「お尋ねしたいことがあれば神明社を訪ねますよ」

とさっそく取り調べにかかった。

小籐次と勝五郎は、凶行が行われた妾宅《しょうたく》におすぎと青木正吾神官を残し、再び風雨が吹きすさぶ路地に出た。

新兵衛長屋の裏庭は、入堀の堀留に面していたが、秀次親分の言葉どおり、水位はほぼ敷地の高さと等しく、雨が激しさを増すか、大潮と刻限が重なるかすれば浸水しそうな気配だった。

「勝五郎どの、土嚢を積めるとよいのだがな」

と小籐次が厠の中に置いた行灯の明かりに渦巻く濁流を見て呟いた。

「土嚢なんて急に出てこないぜ」

と頭を捻った勝五郎が、

「待てよ。たしか新兵衛さんちには、亡くなったおかみさんが使っていた張り板がかなりあるぜ。あいつを立て巡らしたら水の浸入を防げねえか」

「もう使うことはなかろうか」

「今どき、張り板使って着物を解《ほど》く人もいめえ。お麻さんも、あのとおり長屋の差配で忙しいからね」

「ならば借りようか」

新兵衛の小屋には張り板の他に棒杭、木槌《きづち》、筵《むしろ》、縄といろんな材料や道具が揃っていた。

風雨の中、小籐次と勝五郎はそれらを長屋の庭に運び込み、堀留の水が長屋の庭に浸入しないような防護柵を設《しつら》え始めた。

堀留の石垣に沿って等間隔に杭を打ち、その杭の間に張り板を立て回し、筵で補強して張り板の防水壁を作っていった。

増水と競い合う作業が続いた。

なんとか水の浸入を食い止めようと、風雨の中の作業に二人が難儀していると、

「赤目様、勝五郎さん、お二人だけに働かせてすまない」

と桂三郎が姿を見せた。

「神官さんが戻られて、お二人が長屋に向かったと聞いて慌てて飛んできました」

「そなたまでずぶ濡れになることはなかったに。お麻さんの母御が残した張り板を、許しなく使わせてもろうておる」

小籐次の言葉に、桂三郎が張り板と筵を利用した防水壁を見て、

「ようもお二人でここまでなさいましたな」

と感心し、

「長屋に水が入っては張り板もなにもあったもんじゃございません。この際、使えるものはなんでも利用しましょう」

と提案した。

桂三郎が新たに加わったため、作業に勢いがついた。さらに防水壁の材料の竹や板、それに道具も集められ、現場を照らす行灯も長屋の軒下に吊るして明るくなり、作業が一段と捗《はかど》った。ついに堀留に面した十間余に、高さ一尺三、四寸の、

「堤防」

が完成した。

それを見た勝五郎が、

「体じゅうが冷え切ったぜ」

と言葉とは裏腹に満足げに呟いた。

堀留の水は張り板に達していた。もし防水壁を設けなければ敷地の中に浸水していたろう。

「なんとか保《も》ってくれませんかね」

桂三郎の祈るような声が小籐次の耳に届いた。

勝五郎は自宅の台所から貧乏徳利を持ち出し、

「酔いどれの旦那、体を温めるにはやっぱりこれだぜ」

と自ら徳利の口からごくりごくりと飲んで小籐次に回してくれた。

「頂戴しよう」

小籐次が貧乏徳利を傾けると野分の雨が顔を打った。

「ああっ、水が入った」

「駄目だ！」

と叫ぶ声が堀留の向こう長屋のあちらこちらから響いた。

新兵衛長屋は周りの長屋より一段高い上に防水壁のお蔭で、なんとか浸水を食い止めていた。

未明、風雨はさらに激しさを増した。だが、夜が白んでくる頃、江戸湾は引き潮を迎えたようで徐々に水位が下がり始めた。

「どうやら長屋を守り切ったな」

と小籐次が言うところに木戸口に人影が立った。

「なんと赤目様方、この嵐の中、長屋を守っておいででしたか」

と久慈屋の荷運び頭の喜多造と手代の浩介が長屋に姿を見せた。

夜が明けて久慈屋の家作の見回りに出てきた様子だ。

「皆さん、ご苦労に存じます」

久慈屋の一人娘のおやえとの結婚が決まり、紙問屋久慈屋の跡継ぎとなる浩介が労《ねぎら》いの言葉をかけ、三人が工夫した防水壁を見て、

「この風雨の中、ようもかような防水壁を立て回されましたな」

と感心した。

「お店は大丈夫でござるか」

「へえ、こちらより数段高うございますから、河岸道に達するには三尺ほど余裕がございますさあ」

と喜多造が応じた。

五人が見守る中、さらに水位が下がり続け、堀留の石垣が一尺ほど朝の光に見えてきた。

「風向きが変わった、もう大丈夫ですぜ。雨はまだまだ残りそうだが、野分の峠は越えました」

と風の吹き具合を見ていた喜多造が請け合った。

「頭、うちはなんとか保ったが、水辺に近いところに被害が出ておらぬか」

「江戸湾沿いと大川両岸の低地では、だいぶ水に浸《つ》かった家が出てますぜ」

「であろうな」

小籐次は深川蛤町《はまぐりちょう》界隈の得意先の顔を思い浮かべた。

野分が過ぎ去っても直ぐには大川を渡ることは叶《かな》うまい。増水した川には流木などが勢いよく流れてきて危険だからだ。

「これ以上待っても変わりあるまい。神明社に戻ろうか」

「湯に浸かって一杯飲んでよ、眠りたい気分だぜ。この雨風じゃあ夢のまた夢だろうがな」

と小籐次と勝五郎が言い合い、

「赤目様、内湯を沸かしてございます。店に立ち寄って湯に浸かってから神明社に戻られませんか」

と浩介が言い出した。

「浩介さん、夢の夢みてえな話がほんとうにあるのかえ」

「勝五郎さん、いかにもさようです。旦那様が、ずぶ濡れになった体を温めるには湯が一番と男衆に命じておられました」

「おれも入っていいのかい」

と店子の勝五郎が遠慮深げに訊いた。

「久慈屋の家作を守って下さった功労者ですよ。湯くらい大威張りで使って下さいな」

「そうだよな。酔いどれ様、桂三郎さんよ、断んないでくれよ」

と浩介が応じて、
と勝五郎が二人に願った。

「いや、この話ばかりは断るには勇気がいるようじゃ」

小籐次の言葉に、五人は最後の見回りと後始末をして久慈屋に向かった。

四半刻（三十分）後、小籐次らは久慈屋の内湯の一番風呂に身を浸して、

「極楽極楽」

と勝五郎が悦に入っていた。

体の芯まで冷え切った体を新湯《さらゆ》の尖《とが》ったような熱さが刺激して、そのあとにじんわりと浸透していった。すると体じゅうがぽかぽかとして、風雨に打たれて強張《こわば》った筋肉がほぐれていくのが分かった。

湯殿の屋根を未だ野分の雨が叩いていた。だが、三人は肩まで湯に浸かって、とろんとした気分だ。

脱衣場に人の気配がして、

「赤目様方、下帯と着替えを、こちらに置いておきます」

と女の声がした。なんとおやえの声だった。

「おやえどの、かたじけない」

「赤目様方が夜どおし長屋を守って下さったと、浩介さんから聞かされました。着替えくらいなんのことがございましょう」

大店《おおだな》の一人娘は、浩介と夫婦になることが決まって急に大人びた。

「なんだか神明社に戻るのが嫌になったぜ」

とつい本音を洩らした勝五郎が、

「いつこの雨は止《や》むんだい」

と自問するように言った。

「昼頃には止むとよいがな」

小籐次が答えて、

「さて、お店の衆も湯を待っておられよう。上がろうか」

と勝五郎と桂三郎に声をかけた。

脱衣場で着替えをした足で三人は芝神明社に戻る心積もりだった。だが、久慈屋の大番頭の観右衛門が台所で待っているとのことで、小籐次らは湯の礼に台所の板の間に行った。すると観右衛門が広い板の間の大黒柱の下の定席に鎮座して、

「赤目様、桂三郎さん、勝五郎さん、ご苦労にございました。長屋をお守り頂き、お礼の言葉もございません」

と湯の礼より先んじられた。

「家作は久慈屋さんの持ち物じゃが、長屋にはわれらの道具も残しておるでな、自らの荷を守ろうとしただけにござる」

「いえいえ、張り板で防水壁を設えるとは、なかなかの思い付きにございますよ。浩介に聞かされて感心致しました」

久慈屋の台所を仕切るおまつが、

「酔いどれ様、嵐の峠は越えただよ。湯に入ったあとは熱燗《あつかん》が一番ですよ」

と燗徳利を盆に林立させて運んできた。

「えっ、夢じゃねえか。まさか久慈屋の台所で熱燗を頂けるなんてよ」

と思わず洩らした勝五郎に、

「勝五郎さん、本日は特別にございますよ。ささっ、どうぞ手酌できゅっとやって下さい。おまつさん、杯ではいけません。赤目様には丼を、勝五郎さんと桂三郎さんには茶碗を渡しなされ」

と指図した。

「大番頭さん、夢なら覚めないうちに飲ましてくんな」

とおまつが運んできた茶碗を手にすると燗徳利の酒を注《つ》いで、

「ふうっ、この香り、堪《たま》らねえや」

と口をつけると、

きゅっきゅっ

と喉を鳴らしながら一気に飲み干して、

「生きててよかったぜ」

と大仰な言葉を洩らしたものだ。

桂三郎が小籐次の丼に二本ほど燗徳利の酒を注ぎ、自らの茶碗にも半分ほど注いだ。

「観右衛門どの、頂戴致します」

大丼を両手に抱えた小籐次は風雨の音を聞きながら、悠然と口をつけた。すると酒精がかってに小籐次の口の中へと流れ込んでいった。

「甘露にござる」

大丼の酒を飲み干した小籐次の顔が艶々《つやつや》と光った。

「ささっ、もう一杯」

と観右衛門が勧めるところに、三和土《たたき》廊下から難波橋の秀次親分が姿を見せた。

「芝神明社に参りましたらね、赤目様方はまだお戻りじゃねえってんで長屋に回りましたら、なんとも見事な防水壁ができているではございませんか。こりゃ、もう久慈屋さんだと、お訪ね致しましたんで」

「親分も野分の中、御用ご苦労であったな」

「いえね、逸早《いちはや》く勝五郎さんが知らせてくれたんで、直ぐに探索に取りかかることができて大助かりにございますよ」

「親分、この嵐の中、御用に走り回っておられましたか」

観右衛門が訊いた。

「現場に行き合わせたのは赤目様と勝五郎さんでしてね」

秀次は、新銭座町の妾宅で観世流の笛方一箏理三郎が心臓を千枚通しで一突きされた事件を観右衛門に語り聞かせた。

「えっ、長屋に回る前にそんな騒ぎに出遭っておられたので」

と桂三郎が驚きの言葉を発した。

「いやはや、赤目様の参られるところ騒ぎありだ」

と観右衛門も仰天の顔付きで小籐次を見た。

「観右衛門どの、それではそれがしがまるで疫病神のように騒ぎを振りまいておるようではござらぬか」

「いえ、そうは申しておりません。でもこの嵐の中で」

と絶句した。

「親分、眼鼻は付いたか」

「赤目様、いくらなんだってそうは問屋が卸しませんよ」

秀次が上がり框に腰を下ろした。

どうやら風雨はだいぶ弱まったか、親分の肩が濡れている程度であった。

「親分、傘をさしてこられたか」

と観右衛門が訊いた。

「うちからこちらに来る道中、だいぶ弱まっておりましたが、野分の雨ばかりは直ぐには判断がつきませんや」

と秀次が応じて、小籐次に視線を向けた。

「一筆の旦那は、野分の吹きすさぶ最中、紙入れも雨具も羽織もなしに妾の家を見舞いに訪れなさったようだ」

「確かに、玄関土間には男ものの履物もなかったようだったな」

「赤目様、それだ。おすぎは旦那が来ることが分からないんで、芝神明社に避難して大変な目に遭わせたと嘆いておりますがね」

「おすぎさんは、一筆どのの持ち物一切がないことをどう言うておりますか」

「避難した後に旦那が訪ねてきて、その後、野分をよいことに空き巣が入り、旦那が厠から出てきたところを千枚通しで刺し殺したんじゃないかって、応えておりましたがね」

ふーむ

と小籐次が唸《うな》った。

「こりゃ、一等様のところは大変ですな」

「大番頭さん、それだ。八丁堀の旦那を迎えて検視《けんし》を済ませた後、おすぎを一旦芝神明社に戻して、一等家に知らせたと思いなせえ」

「駆け付けてこられましたか」

観右衛門の問いに秀次が大きく頷いた。

「驚かれたでしょうな。当代の一等様は働き盛りでしたからね」

「驚かれたってもんじゃございませんや。内儀が千枚通しを突き刺された旦那を見て、きりきりと奥歯を鳴らしたかと思うと、おすぎめ、なんということをしでかしてくれた、と吐き捨てたときには、さすがにわっしも女の悋気《りんき》は凄いものだと思いましたよ」

「おや、お内儀はおすぎを下手人と思いこみなすったか。第一、妾のことは認めていたのではなかったですか」

「ええ、世間にはそう申しておったようですが、本心は違いますな。ともかくだ、おすぎは町内の方々と芝神明社に避難して、この殺しには関わりがない、と説明したんですがね、わっしの言うことなんぞ聞き入れてはもらえませんで」

と秀次がほとほとうんざりしたという表情を見せた。

「親分、茶を一つ」

　おまつが秀次の前に、茶請けのぼた餅《もち》と一緒に茶を供した。

「それとも、酔いどれ様方と一緒で酒がよかったかね」

「おまつさん、殺しを一件抱えた最中だ。御用聞きが酒も飲めまい。わっしは茶とぼた餅がようございますよ」

　と茶碗を手にとり、

「もっとも、この嵐が過ぎてくれなきゃ、仏の弔いもこっちの探索も、どうにもならないことだけは確かだ」

　とぼやいた。

「親分、目処もつかぬか」

　小籐次が訊いた。

「いえね、此度《こたび》の一件の下手人は、通りすがりの空き巣なんぞの仕業じゃございませんよ」

「だって親分、一等の旦那の紙入れだってなくなってんだろう。そりゃ、野分をよいことにした盗人の仕業にちげえねえよ」

「勝五郎さん、その辺がね、かえって臭うのさ」

「へえ、そうかね」

と勝五郎は感心した。

小籐次は、この殺しは尾を引くのではないかと、なんとなく思った。

表では再び風雨が勢いを増したとみえ、軒を打つ雨音が激しさを加えた。

第二章　須崎村の別邸

一

　芝口橋下を流れる御堀の水がごうごうと音を立てていた。野分で壊された家の残骸《ざんがい》や流木や塵芥が、水面を滑るように江戸湾の方角へと流れ去り、中には橋桁《はしげた》にぶつかって橋を揺らすものもあった。
　久慈屋の小僧の梅吉が流れを覗《のぞ》き込んで、身を竦めた。
「猫の死骸が流れていくぞ。いや、あいつ、生きてやがらあ。どこか陸に上がれるといいのに」
　と梅吉が呟くところに、黒猫が乗っていた流木が堀の石垣に、
　ごつん
　と音を立ててぶつかり、流木がくるりと回転した。すると黒猫は流木を蹴《け》って石垣下に設けられていた船着場に飛び、さらに石段へと逃れ、河岸道へと走って消えた。

「よかった。なかなかやるな」

梅吉が感心したように独り言を呟く。

「小僧さんよ、嵐のあとの堀は面白かろう。だが、それじゃあ仕事にならないぜ」

と喜多造の声がして、

「あっ、頭」

と驚きの声を発すると、慌てて店へと戻っていった。

久慈屋は紙問屋だ。

三百諸国の特産の紙が蔵の中に集められていたが、それらの紙が湿気を含むと売り物にならない。そこで雨が去った後、蔵の扉を開き、風の通りをよくして、一刻も早く乾燥させなければならなかった。

幸いにして、蔵もお店も母屋も雨漏りをしたところはなく、風にさえ当てればなんとか品物の質は保てそうだった。野分が去った後、大番頭の観右衛門の陣頭指揮でまず店じゅうの点検が行われ、湿り気を帯びた紙束は風の通りに場所が替えられ、風にあてる手当が行われた。

店の表戸も開け放たれ、店の中を風が吹き抜けていった。

「大番頭さん、蔵の荷に被害はございませんかな」

と奥から主《あるじ》の昌右衛門が姿を見せた。

「旦那様、野分の足がえろう早うございまして、風雨の時期が一昼夜とは続きませんでしたので、蔵の中に湿気が入り込むこともございませんでした。ご安心ください」

と観右衛門が答えて、昌右衛門がほっと安堵の表情を見せた。

「まあ、なんにしてもようございました」

竹笊《たけざる》に入れられた大量の木炭が奉公人の手で次々に運び出され、陽に曝された。蔵の中の湿気避けに炭が置かれていたのだ。

「旦那様、大番頭さん、蔵の中はおよそ片付きました。新しい炭も入れてありますので、湿気を含んだ紙も乾きましょう」

と浩介が旦那と大番頭に報告した。

「ご苦労でしたな」

と跡継ぎになる浩介に観右衛門が声をかけると浩介が、

「大番頭さん、家作の様子を見てきたいのですが、宜しゅうございますか」

と許しを乞うた。

久慈屋の家作は、七長屋六十数軒もあり、芝口橋界隈に点在していた。

ために奉公人の仕事には家作の保守点検もあったし、野分の後には被害の状況を見て回るのも仕事の一つだった。

「堀留際の新兵衛長屋は、赤目様と勝五郎さん、桂三郎さんの働きで浸水が食い止められました。他の長屋は一段高いところに建てられたのが多いので、無事とは思いますがな。念のために見回りを願いましょうかな」

と観右衛門が浩介に許しを与え、

「小僧さん、最前から堀の流ればかりを覗いて、仕事の手が止まっておりましたな。浩介さんの供で長屋回りをしてきなされ」

と命じられた梅吉が、

「あれ、大番頭さんには背中にも目がついているぞ」

と目を見開いて驚いた。

梅吉は久慈屋の小僧の中でも一番幼いまだ十三だけに、一人前の力仕事はさせられなかった。それでも国三が久慈屋の出の常陸《ひたち》の西野内村に再修業を命じられていなくなった分、梅吉の責任もそれなりに大きくなっていた。

浩介と梅吉が久慈屋を出たとき、東海道はいつもの賑わいを取り戻し、泥濘《ぬかるみ》に足を取られながらも大八車や駕籠《かご》や徒歩の人々が忙しく往来し始めていた。

そこへ、

かあっ
と、野分一過の光が江戸の町に照りつけた。すると激しい雨と風に打たれた江戸八百八町にみるみる青空が広がり、なにかいつもとは違う、新たな町並みが出現したようであった。

浩介と梅吉は新兵衛長屋を訪ねた。すると男衆や女衆が長屋の建具や畳を庭に出して、光と風にあてていた。

浩介は浸水を防いだ張り板と筵の防水壁がまだそのままなのを見た。

「浩介どの、見回りご苦労じゃな」

湿気った夜具を抱えた小籐次が長屋から姿を見せた。

「神明社から引き上げてこられましたので」

「年寄り子供は未だあちらにおる。まずは長屋の手入れをせねば、じっとりして夜具も敷かれぬでな」

「それにしても張り板の防水壁が役に立ちました」

「新兵衛さんの亡くなったおかみさんの張り板が、長屋を見事に守ってくれたようじゃ」

「この防水壁を長屋の敷地に常備しておくのも、一つの手にございますね」

「防水壁の内側に土嚢を積んでおくと、一層しっかりとした防水壁になろう」

「いかにもさようです。旦那様と大番頭さんに早速申し上げてみます」

いずれ大所帯の久慈屋の主となる浩介が言い、

「新兵衛長屋に格別の問題はございませんか」

と小籐次に念を押した。

「問題ならあるぜ。ここんところ仕事が舞い込まないんでよ、貯えが底をついて、釜《かま》の蓋《ふた》が開かないぜ」

勝五郎が濡れた衣類を長屋から担ぎ出しながら浩介に言った。

「勝五郎さん、もし当座の銭が入用ならば、お店から届けさせましょうか」

えっ、と勝五郎の体が固まった。

「長いこと新兵衛長屋に世話になってるが、そんな申し出、聞いたこともねえぜ。本気にするぜ、浩介さん」

「いえ、勝五郎さんと赤目様は長屋を守って下さった功労者。当座の金子《きんす》を用立てするくらいはなんでもありません。大番頭さんに願っておきます」

と浩介が言い切った。

「いやさ、浩介さん、有難い言葉を聞かせてもらった。なあに仕事が一つでも舞い込むと、米櫃《こめびつ》が潤うというものだ。いよいよ困ったら頼みに行くぜ」

と勝五郎が浩介に応じた。

「勝五郎どの、座していては仕事も舞い込むまい。読売屋の空蔵さんを訪ねてはどうじゃな」

「訪ねてはどうじゃなと言われてもよ、読売屋のほら蔵のところに手ぶらで行けるものか」

「読売のネタなら、あるではないか」

「あったかね」

「しっかりしなされ。観世流笛方一等理三郎どのが新銭座町の妾宅で殺された話など、空蔵さんなら食い付くと思うがな」

「おっと、おれとしたことがそいつを忘れていたぜ。よし、ちょいと抜けていいかね」

勝五郎が抱えていた夜具を縁台の上に投げ出した。

「うちはほぼ終わったで、そなたの家の後始末はしておく」

「頼んだぜ」

「空蔵さんには、必ず難波橋の秀次親分の許しを得るよう伝えてくれぬか」

「合点承知之助、すべてはこの版木職人の勝五郎が心得た」

と濡れたどぶ板の上に六方を踏むように木戸口に勢いよく走り出した。

「勝五郎さん、急に元気になって町へ飛び出していったぞ」

梅吉が驚きの目で勝五郎の背を追った。

「梅吉、私たちも次の長屋に参りますよ」

浩介が小籐次に辞去の挨拶をした。

「長屋にいつもの賑わいが戻ってくるのは今日の夕方であろう。その頃には濡れたものも乾こうでな」

「赤目様の商いはしばらくお休みですか」

「大川に小舟を漕ぎ出すまでには一日二日かかろう。その間は長屋の手入れでもするつもりじゃ」

「お店にはいくらでも仕事がございます。明日からうちに研ぎ場を設けられませぬか」

「それも一案かな。小舟も引き取りに参らぬとな」

と小籐次が答え、浩介と梅吉は次の家作の見回りに新兵衛長屋をあとにした。

野分が去った後、赫々《かくかく》たる太陽が江戸の町を照らしたせいで、新兵衛長屋の庭に干された畳、夜具などは夕暮れ前には乾いた。そこで小籐次が畳を各家に敷き直し、家財道具を運び入れた頃、芝神明社に避難していた年寄りや子供がお麻に連れられて長屋に戻ってきて、いつもの長屋の賑わいを取り戻した。

駿太郎もお夕に手を引かれて元気に姿を見せたが、

「おう、駿太郎、お夕ちゃんに面倒をかけなかったか」

と尋ねる小籐次に、

「じいじい」

と応じただけで、さっさと新兵衛の家に上がっていった。

「爺様といるよりお夕ちゃんといるほうが楽しいか。今からそれでは先が思いやられるわ」

と小籐次が嘆いた。

長屋では夕餉の仕度が始まろうとしていた。

野分のために一夜だけの避難生活であったが、それが反対に長屋のいつもの暮らしに活気を与えていた。九尺二間の長屋でも、家族で膳を囲むことがなにより幸せだとだれもが感じていたのだ。

「おや、濁っていた井戸水も澄んできたよ」

とおきみが井戸端で大声を上げたとき、勝五郎が意気揚々と戻ってきた。

「勝五郎どの、首尾はいかがか」

「ほら蔵さんの筆を待って、ほら、このとおり原稿を貰ってきたよ」

と懐から出してみせた。

「仕事にいつでもかかれるよう作業場は拵《こしら》えておいた」

「助かった」

勝五郎は長屋に入ると直ぐに顔を出した。

「酔いどれの旦那、鑿《のみ》まで研いでくれたんだな」

「砥石類を久慈屋に預けておるでな、そなたのところにあった砥石で研いだ。いささか切れが悪いかもしれぬが、あとで研ぎ直そう」

「いやはや、なにからなにまで有難いのコンコンチキだ」

小籐次は勝五郎との会話に、久慈屋を訪ねて商いの道具類だけでも取ってこようと思い付いた。そこで勝五郎とおきみに願い、新兵衛の家に顔を出した。

「お麻さん、駿太郎がべったりでは迷惑であろう。ただ今から久慈屋に道具を取りに参るが、駿太郎を連れていこうかのう」

「それでは帰りが大変です。駿太郎ちゃんがいるのをお父つぁんが喜んでますから、うちで預かっておきますよ」

と姉さんかぶりで忙しく立ち働くお麻が答えた。

「なにやら駿太郎を里子に出したような」

「心配ですかね、赤目様」

と桂三郎が作業場から顔を覗かせて笑った。

錺《かざ》り職人の桂三郎は、玄関脇に三畳ほどの作業場を改築したばかりだ。まず飯のタネの作業場が風雨に曝されていないか、調べていたようだ。

「仕事場の道具に差し障りはないかな」

「おかげ様で道具にも材料にも水は被っておりません」

「それはよかった」

「赤目様もやはり手元に商売道具がないと不安ですか」

「すぐに仕事をするわけではないが、やはり心さみしいな」

と苦笑いをした小籐次は新兵衛の家を出た。

芝口新町から芝口橋に向かう河岸道も、真ん中はすでに乾いていた。その道に西日が差し込み、堀の水がきらきらと黄金色に光っていた。

「おや、あれはなんだな」

芝口橋の橋桁《はしげた》の下に小舟を着けて数人の男たちがなにか作業をやっていた。小籐次は橋桁に引っ掛かった流木などを外しているのかと思ったが、

「あれは難波橋の秀次親分の手先衆ではないか」

と呟いた。

流れはすでに緩やかになり、流れてくるものも少なくなっていた。

芝口橋の下が見える河岸道に秀次親分の姿もあった。

「親分、なんぞ流れ着いたか」

小籐次の声に振り向いた秀次が、

「いえね、通行人が橋桁に骸《むくろ》らしいものが引っ掛かっていると知らせてきましたもので。それで銀太郎らに舟を出させて調べているところなんでございますよ」

と答えたところに橋下から、親分！　と呼ぶ声が響いた。

「仏か」

「へえ」

「大水で堀に落ちたか」

「水死体じゃございませんぜ。心ノ臓に千枚通しが突き立ってまさあ」

と銀太郎が叫び返して、思わず秀次と小籐次は顔を見合わせた。

「銀太郎、久慈屋の船着場に仏を移せ」

と命じた秀次が、

「二日続いて千枚通しを心臓に突き立てた仏とご対面だ」

「それも親分とわしが会うたときにな」

「たまさかでございましょうかな」

「仏がわれらに会いに来るわけでもあるまい。たまさかと考えたほうがよろしかろう」

頷き返した小籐次は、秀次とともに橋を回って久慈屋の船着場に下りていった。

河岸道に上げられていた久慈屋の荷船などは一段低い船着場の床に下ろされていたが、まだ水には戻されていなかった。そんな中に小籐次の小舟もあった。

喜多造が芝口橋の下から漕ぎ寄せられる小舟を待ち受けていた。その小舟はどうやら久慈屋のものらしい。小舟の舳先から舫い綱が投げられ、喜多造が受け取ると、手際よく杭に結んだ。

骸は小舟の舟縁《ふなべり》にうつ伏せで浮かんでいた。

「仏を引き上げようか」

銀太郎と喜多造が水面に手を差し伸べて骸を引き上げようとした。すると着流しの体にへばりついていた縦縞の単衣《ひとえ》が左腕から捲《めく》れて、二筋の入れ墨が見えた。

「前科者か」

と秀次が呟き、ようやく仏が船着場の床に上げられた。うつ伏せの体がごろりと仰向けに転がされた。

水流で元結が切れたか、髷《まげ》がざんばらで乱れた髪が顔にかかっていた。

小籐次は縦縞の単衣に突き立った千枚通しを見ていた。まだ真新しいもので、一等理三郎の胸に突き立っていたものと類似していた。

と秀次も小籐次と同じ考えか、呟いた。

「驚きましたな」

「一人目は観世流笛方の名人、二人目は入れ墨者。どちらも心ノ臓に深々と千枚通しを突き立てられていやがる。関わりがあるとみるべきか、たまさかのことなのか」

入れ墨は、盗犯に加えられる属刑で、正刑の敲《たた》き刑や追放刑などの付加刑である。前科者の印は江戸や代官領、さらには土地土地で違った。

江戸は左腕に二本筋の入れ墨、再犯となると三本目、四本目と一筋ずつが加えられていった。

手先がざんばら髪を顔から傍らにずらすと、頬《ほお》の殺《そ》げた三十年配の顔が現れた。

「見たような見ないような」

秀次が呟き、

「こやつ、下谷広小路辺りに巣食う、置き引きの伴蔵じゃございませんか」

と銀太郎が言い出した。

「そうだ、伴蔵に違えねえ」

と応じた秀次が、

「こやつ、お店の前に積んである品物を盗んだり、在所から出てきた年寄りの荷をかっぱらったりする置き引きの伴蔵って野郎でしてね、ここんとこなりを潜めていた筈《はず》でございますよ。なんで野分が通り過ぎた芝口橋に骸を曝すことになったか」

と小籐次に説明して、最後は自問した。

「親分、凶器の千枚通しじゃが、柄は似ておるな」

「似ておりますな」

千枚通しは錐《きり》の一種で、束ねた紙に穴を開ける際などに用いられた。だから、どこのお店にもあり、職人衆や裏長屋の住人も持っていた。

「一箏理三郎さんの心ノ臓に突き立っていた千枚通しですがね、先が鋭利に研ぎを掛けられたばかりのものでしたよ。伴蔵の胸に隠された先がどんなふうになっているか。検視の後に二つの仏に関わりあるかないか、およそは判明しましょうな」

と小籐次に言った秀次が、

「銀太郎、伴蔵を大番屋に運べ。おれもすぐにおっかける」

と命じた。

戸板に乗せられた伴蔵の亡骸《なきがら》が消えた久慈屋の船着場に、観右衛門が塩壺《しおつぼ》を持って現れ、船着場を浄《きよ》めたついでに秀次と小籐次の体にも塩を振りかけた。

「ご苦労にございましたな。家で手を洗って下さいな、親分さん」

と観右衛門が秀次と小籐次を店に誘《いざな》い、

「嵐が過ぎ去ったと思ったら、二つの骸を抱える羽目になりました」

と秀次がぼやいた。

二

小籐次は秀次に乞われて南茅場町《みなみかやばちょう》の大番屋に行くことになった。

道筋には、看板を吹き飛ばしたり、屋根を剝《は》いだりと野分が過ぎ去った痕跡があった。だが、幸いなことに大きな被害は刻まれていなかった。

それでも舟が流されたらしく、運河沿いでは舟の行方を探している人もいた。

大番屋に到着したとき、秀次に鑑札を出している定廻同心近藤清兵衛と検視医の岡田考庵が到着したところで、近藤が、

「昨日は難波橋が世話になったそうですな、赤目どの」

と小籐次に声をかけてきた。

昨日とは、新銭座町の観世流笛方の一等理三郎の殺しを秀次に注進したことだろう。

秀次が近藤に問うた。

「旦那、もはや承知にございますか」

「もはや承知とはなんだ、難波橋」

秀次が大番屋の広土間に控える自分の手下を見た。すると銀太郎が顔を横に振った。銀太郎は近藤に芝口橋下で仏が発見されたことは報告していたが、千枚通しの一件など詳しい事件の概要は未だ話していなかった。上司たる同心には親分の口から直に話すのが習わしだからだ。

秀次の視線が土間の、筵を掛けられた仏をちらりと見て、

「旦那、仏は置き引きの伴蔵って、けちな入れ墨者ですがね、嫌なことがございます」

「嫌なことだと」

「昨夜《ゆうべ》の一等理三郎と同じく、心ノ臓に千枚通しを突き立てられて殺されているのでございますよ」

「なにっ」

と近藤の顔色が変わった。

「銀太郎が御医師の検視をとわざわざ断るわけだ」

と洩らした近藤が、伴った岡田を見た。

頷いた岡田考庵が仏に近付き、銀太郎が筵を剝いだ。

「うむ、たしかに殺し方が似てやがる」

検視する岡田考庵の肩越しに伴蔵の胸を覗き込んだ近藤が呻いた。

岡田は心臓に突き立てられた千枚通しの周辺を仔細《しさい》に調べた後、凶器の柄に手拭いを巻いて抜いた。すると傷口からどくどくと一頻《ひとしき》り血が流れ出た。

考庵から近藤に千枚通しが渡された。

手拭いの巻かれた柄を握り、銀太郎が差し出す行灯の明かりに切っ先を翳した近藤が、

「こいつは驚いた」

と呟いた。

「一筝理三郎の心ノ臓を貫いた千枚通しと同じように切っ先が研がれてますね。二つの事件とも、確実に相手を殺す気で一刺しで仕留めてやがる」

秀次は近藤の驚きの意味を察して言うと、控えていた手先に、

「桶に水を張って持ってこい」

と命じた。

直《ただ》ちに桶が運ばれてきた。

近藤が千枚通しの切っ先を水で洗った。すると切っ先に付着していた血が桶の水を赤く染めた。

洗い終わった切っ先を再び明かりに翳した近藤が、

「まず同じ野郎が研いだとみてよかろう」

と意見を述べ、

「赤目どの、この研ぎを見てくれねえか」

と凶器を小籐次に渡した。

岡田考庵は、わが務めは終わったとばかりに仏の傍らから立ち上がり、別の桶に張った水で手を洗っていた。

「切っ先の水、手拭いで拭ってよろしいか」

「赤目どののお好きなように」

とこれまで何度も事件の解決に尽力してくれた小籐次の功績に免ずる言葉を近藤が吐いた。

小籐次は柄に巻かれた手拭いの端を垂らし、切っ先の水と一緒に残っていた血を拭った。すると研ぎの跡が鮮やかに見えてきた。

小籐次は入念に研ぎの腕前や癖を調べた。

「まず言えることは、研ぎに慣れた者の仕事ではないということだ。切っ先を強引に砥石に擦《こす》りつけて研ぎをかけておる。おそらく砥石に乱暴な研ぎの跡が刻まれておろう」

と呟いた小籐次は、再び明かりに千枚通しの切っ先を翳して仔細に調べ直した。すると乱暴に研がれた切っ先に小さな、

「溝」

ができていて、その間に砥石の粉がわずかに付着して残っていた。

「荒っぽい研ぎ仕事じゃな」

「赤目様、千枚通しを研いだ人間ですがね、右利きか左利きか、研ぎ具合から分かりますかえ」

秀次が小籐次に訊いた。

小籐次は秀次の問いに答えるため、さらに研磨痕を確かめた。

右利きの者なら、右手で道具の柄を持って切っ先を砥石の滑面に押し当て、左手を切っ先の上部に当てて力加減をみながら、利き手で道具を前後に動かして研ぎを行う。むろん左手も連動して前へと押し出す力を加えるが、主動は右手だ。

左利きならその動きは反対になる。

右利きと左利きでは千枚通しの切っ先に加わる力と方向が異なった。右利きならどうしても砥石面の右から左に押し出されて研がれる。ましてこの場合、道具を扱い慣れていない者の研ぎだ。その痕跡が顕著に見えた。

「右利きの者だな」

「ほう、そいつは面白いや」

と秀次が述べた。

「鑑定はたしかかな」

と手を手拭いで拭っていた岡田考庵が小籐次に訊いた。

小籐次は自らの経験から右利きと左利きの違いを述べ、

「道具の研ぎ具合から申せば、まず右利きと考えて間違いござらぬ。お医師どの、なんぞ右利きでは不都合かな」

と岡田に問い返した。

「昨日の仏、今日のこの者、左手に千枚通しを持った者の犯行を示唆《しさ》しておってな、それは傷口の力の入り方具合から察せられるのだが」

「ほう、面白い」

と小籐次が呟く。

さて、と近藤がこの結果をどう判断したものかと秀次を見た。

「二つの仏は、同じ下手人が千枚通しを突き立てたと見てようございましょうな、岡田先生」

秀次が検視医に念を押した。

「ただ今、赤目様に申したとおり、傷の具合からして、左手で突き通した力の掛かり具合を見せておる」

と岡田考庵が答えた。

「となると、二つの殺しを行った者は左利きの人間。さらに凶器を研いだ者は別人で右利きということになる」

「あるいは殺しを行った折に、右利きの者がわざと左手で凶器を用い、お調べを混乱させようとしたか」

と小籐次が秀次に応じ、近藤が、

「その逆はないか」

と問うた。

「近藤様、左利きの者が研ぎを反対の手で行ったことはないかと申されますので」

「そういうことだ、難波橋」

秀次の視線が小籐次を見た。

「研ぎを利き手とは反対の手で行うのはかなり難しいな。またそれを行う理由がござろうか」

と遠回しに疑問を呈した。

「赤目様、右利きの下手人は、自分の犯行だとわっしらに悟られないように左利きで行ったというわけですね」

「そのほうが、悪さを行う人間が思い付きそうなこととは思えぬか。下手人は、お役人が凶器の研ぎより骸の傷を重く見ると考えたのではないか」

「まず赤目様の申されるとおりにございましょうな。研ぎ仕事は殺す相手を目の前にしているわけでなし、自分の本性とか癖がそのまま表れましょうからな」

「難波橋、そなたの推量だと、下手人と道具を研いだ人間が同じように聞こえるが、さようか」

「近藤様、わっしの勘では、殺しの下手人と凶器の研ぎを行った野郎は同じ人物と思えるのですがね」

「まず下手人の心理からいって、間違いあるまい」

近藤もあっさりと秀次の意見に賛意を示した。

「一箏理三郎と伴蔵が知り合いだったとは思えませんや。この一件、どちらから追ったほうが先に下手人に辿《たど》りつきましょうかな」

「まあ、普通に考えれば、観世流の笛の名手より入れ墨者の伴蔵の近くに下手人が潜んでおろう」

「へえ」

と応じた秀次が、

「二人の男を殺して得する人間はだれにございましょうな」

と自問するように呟いた。

半刻後、小籐次は久慈屋の台所に顔を出していた。

秀次に乞われて大番屋に行く前、大番頭の観右衛門に、

「赤目様、親分の探索に徹夜で付き合うことはございますまい。帰りにうちに立ち寄って下さいな」

と言われていたからだ。

「遅くなりました」

と挨拶した小籐次は、観右衛門の定席の前に布巾がかかった箱膳が二つ残っているのを見た。

「まだ夕餉を食されておられぬので」

「いえね、店の後片付けをしたら、この刻限になったのですよ」

と小籐次の言葉に応じた観右衛門が、

「昨夜も徹夜にございましょうから、長くはお引き止め致しませぬ。私に付き合って下さいましな」

と傍らの火鉢の鉄瓶の中の燗徳利を握った観右衛門が、

「まずは一杯」

「これは恐縮至極にござる」

と小籐次が布巾を払った膳部から杯を取り上げて酒を受けた。

温《ぬる》めに燗をつけた酒の香りが小籐次を刺激した。観右衛門が手酌して、

「お疲れにございました」

と労い、二人はゆっくりと燗酒を胃の腑に納めた。

「甘露にござるな」

「このような酒が飲めるなら、野分も時に悪くはございませぬ」

と観右衛門も満足げな表情だ。

「こんどはそれがしが酌を」

小籐次が観右衛門に注ぎ返し、差しつ差されつの静かな酒宴が始まった。

「仏の身元は割れているようですな」

と喜多造から聞いたか、観右衛門が問うた。

小籐次は差し障りのない程度に検視のあらましを告げた。

「なんと、一筆理三郎様の事件と芝口橋に流れ着いた亡骸とは関わりがございましたので」

「千枚通しをわざと左手で使った手口、乱暴な研ぎ痕などから考えて、関わりはあると見たほうが自然にござろうな」

「驚きましたな」

と観右衛門が杯の酒を嘗《な》めた。そして、しばらく黙考していたが、

「ご存じのように、一筆様の屋敷はこの芝界隈、私の耳にもあれこれと噂《うわさ》が入ってこないわけではございません」

「と、申されると」

「いえね、一筆様の女癖にございますよ」

「おすぎを囲って、落ち着いたと聞いたが」

「いえいえどうして、一筆様の女遍歴はそのようなことでは止みはしません。たしかにおすぎを囲った当初、熱心に新銭座町通いをなされたようですが、近頃は、昔の癖が戻っていたとか」

「あちらこちらに馴染みがおるというわけか」

「どうやらそのようで」

「羨《うらや》ましいかぎりにござる」

「それで殺されては元も子もありますまい」

「いかにもさよう」

観右衛門が小籐次の空の杯を満たし、代わって小籐次が観右衛門の酒器に新たな酒を注いだ。

「愛宕権現に十七歳の若い巫女《みこ》がおりましてな、一筝様はこの巫女のお濱《はま》にご執心であったそうな。お濱もまた一筝様の笛に惚《ほ》れたとかで、親子以上に年が離れた二人は、近頃あちらこちらの水茶屋で見かけられておったとか」

「驚き入った次第かな」

「お濱の父親は今里村の小作人でしてな、一筝様よりだいぶ年下です。この親父が一筝家に、年端もいかない娘を誑《たぶら》かすなと怒鳴り込んだ騒ぎがあったそうです」

「ほうそれで」

「どうやらお内儀が仲に入って、金子で解決したそうな。ですが、二人は未だ密会を続けていると町の噂です」

「観右衛門どのは物知りにござるな」

「物知りもなにも、店に座っておりますと、奉公人や客の噂が勝手に耳に入ってきますので」

と苦笑いした観右衛門が、

「赤目様、それで驚いてはなりませんぞ」

「えっ、まだ新手がおるとな」

はい、と観右衛門が大きく頷いた。

「こちらが一段と厄介にございますよ」

「ほう」

「芝神明社では宮芝居ら富籤興行が催されますな。それにべったらの祭礼も開かれます。この興行を仕切るのが大門中門前町の香具師、赤札の寅五郎親分です。いえ、この寅五郎親分は、うちとも付き合いがございますが、代々の稼業を大事に守ってきた温厚な仕事師にございます。

この右腕の森の威三郎って代貸がなかなかのやり手にございましてな、年の頃は三十七、八にございましょう。この苦み走った威三郎と一箏様との間に、一人の女を巡って騒ぎがあったとかなかったとか。噂によれば、寅五郎親分の立ち会いのもと、一箏様が頭を下げて、以後一切その娘には手出しをしないという念書を差し出されたそうな。芝界隈の雀がちゅんちゅくと騒いだのは三月ほど前のことでしたか」

「これでは、だれに殺されてもおかしくござらぬな」

「私が知るだけでこんなにございます。知らぬ話もまだあるやもしれません」

驚いた、と小籐次が絶句した。

「一等どのの死に顔しか見ておらぬが、確かに渋めのいい男にござった。それにしても女子はなぜこのような男に惚れるのか」

「独り身の私に答えられましょうか。ですが、皆の噂では、一等様は芸には煩《うるさ》く厳しいが、こと女子となるとひたすら優しくまめまめしいのだそうな。どうやら女子にもてる秘訣《ひけつ》はこの辺らしゅうございます」

と観右衛門が言い切った。

「観右衛門どの、今話された噂の類《たぐい》、難波橋の親分はご存じにござろうな」

「親分さんはもっと詳しく承知されておりますよ」

と観右衛門が請け合い、

「今晩、赤目様をお誘いしたのは、一等様の女出入りを話すためではございませんので」

とわざわざ断った。

「おや、まだなにかありましたか」

「常陸の西野内村の本家に再修業に出された国三のことにございますよ」

「おお、国三さん、どうしておられますな」

国三は久慈屋の奉公人の中でも小籐次と格別に親しい一人であった。

国三は、大和屋こと岩井半四郎の新作興行に小籐次が招かれたのを知り、自らも「眼千両」の芝居を見たくてあれこれと手を使い、策を弄《ろう》して小籐次との同行を願った。が、

「奉公第一」

と諭されて断られたのを悲観したか、掛け取りの帰りに市村座の前に佇《たたず》み、芝居小屋を呆然と見詰めているところを小籐次と喜多造に見つかり、店に連れ戻された。

このことを知った旦那の昌右衛門と大番頭の観右衛門の決断は、迅速だった。本家のある西野内村での再修業を命じられ、紙造りの最初から学ばされることになったのだ。

「国三はどうやら落ち着いたようで、一心不乱に紙造りの基本から学んでおるそうにございます。この次、江戸店に出てくるときは、一皮むけた奉公人に生まれ変わっておりましょうな」

「よい話を聞かせてもろうた」

と一筆理三郎と伴蔵殺しを巡っての、ざらざらとした気持ちを洗い流すような国三の修業ぶりを聞いて、小籐次はほっと安堵した。

三

夕餉を馳走《ちそう》になって久慈屋を出た小籐次が新兵衛長屋に戻ったのは、四つ（午後十時）を回っていた。ために駿太郎を預けた新兵衛の家の明かりも落ちて、眠り込んでいる様子だった。

（お麻さんとお夕ちゃんに世話をかけてしもうた）

と思いながら木戸を潜ると、勝五郎の家から明かりが零《こぼ》れて、版木を彫る勝五郎の鑿の音が響いていた。

「勝五郎どの、精が出るな。ただ今戻った」

と小声で声をかけると我が家の戸を引き開けた。

明かりを灯すと陽に干されていた畳が敷かれ、夜具も部屋の片隅に積まれていた。

「酔いどれの旦那、遅かったな」

と勝五郎が茶碗を盆に載せて顔を見せた。

「仕事の邪魔を致したか」

「なんてことねえ、半端仕事だ」

「新銭座町の一件は読売になったか」

「あの笛の旦那、なかなかの女好きだってな。ほら蔵もあれこれ噂を知っていたらしく、野分の最中の殺しを艶っぽく書きやがって、結構な売れゆきだそうだぜ」

小籐次は勝五郎の淹《い》れてくれた渋茶を飲んで、

「ほう、一箏様は殺されてさらに江都《こうと》を騒がすか」

と呟いた。

「観世流では名人が亡くなって大弱りらしいがね」

「勝五郎どの、芝口橋下で骸が上がったのを承知か」

「ああ、暴れ水の御堀に足を踏み外した土左衛門がひっかかっていたってな」

「だれが申したな」

「あの界隈の連中が噂しているのが耳に入ったんだ」

「水死ではない、殺しじゃ。それも心ノ臓に千枚通しを突き立てられて殺されたのじゃ」

「なんだって、笛の師匠と一緒じゃねえか。近頃は千枚通しで殺されるのが流行《はや》っているのか」

「そうではない」

「そうではねえって、まさか一箏理三郎の殺しと関わりがあるというのか」

「それ以上は、それがしの口からは話せぬ。空蔵さんが調べるのだな」

「おっ魂消《たまげ》たぜ。酔いどれの旦那よ、殺されたのはやっぱり能楽師かなんかか。それくらい教えてくれてもよかろうじゃないか」

「そうではない、入れ墨者だ」

「笛師の次に殺されたのが入れ墨者だって、なにか繋《つな》がりがあるのかねえ」

「それを調べるのが空蔵さんの仕事だ」

「酔いどれの旦那の顔には繋がりがあると書いてあるな」

と首肯した勝五郎はなにか思案していたが、

「よし、半端仕事を仕上げて、明日の朝、このことをほら蔵にご注進だ。ほんとにこの二つの殺しに関わりがあるとしたら、こいつは売れるぜ」

と張り切り、茶碗に残った茶を一気に飲んで、仕事に戻っていった。

「それがしもそろそろ仕事をせぬとな」

と思ったが、結局、道具類は未だ久慈屋に預けたままだった。

「致し方ない。明日は久慈屋さんの道具を研がせてもらおう」

と明日の目途をつけた小籐次は、夜具を敷いてごろりと横になった。すると夜具から日向《ひなた》くさい匂いが漂った。

翌朝、新兵衛の家に顔出しした小籐次は駿太郎から、

「じいじい」

と声をかけられて、

「そなた、忘れてはおらぬようだな」

「赤目様、ときに思い出すらしく、じいじいと呼んでおりますよ」

と桂三郎に慰められて、

「今宵は早く戻り、駿太郎を引き取りに参る。お麻さんにもお夕ちゃんにも造作をかけるな」

と言葉をかけた小籐次の背に、

「じいじい、しごと」

という駿太郎の声が追ってきた。

久慈屋を訪ねようと芝口橋を渡りかけると、いつもの流れに戻った御堀に、桶から生きた鰻《うなぎ》を放っている人がいた。

願かけしたことが成就した礼に放生《ほうじょう》をしているのだろう。

流れに落ちた鰻がくねくねと体をくねらせて水中に潜る光景に、夫婦者か、合掌して見送

った。

久慈屋はいつもどおりの仕事を始めていた。

「お早うござる。道具を預けっぱなしで申し訳ござらぬ。本日はこちらに研ぎ場を設けさせてもらってようございますかな」

と観右衛門に願った。

「うちでは歓迎ですが、朝の間、私にお付き合い願えませぬか」

と観右衛門が小籐次を待っていたらしく言った。

「掛け取りのお供にございますかな」

「まあ、そのようなところで」

と笑った観右衛門が、

「赤目様、猪牙を用意してございますが、船頭を来島水軍流の腕前の赤目様に願ってようございますか」

と頼んだ。

「造作なきことにござる。船着場でお持ち致す」

小籐次は久慈屋の船着場に行った。するとすでに久慈屋の荷船は流れに下ろされて、その中に新造の猪牙舟が混じり、小僧の梅吉が胴の間に座布団や煙草盆を用意していた。

「梅吉さんも参られるか」

「大番頭さんに命じられております」

と梅吉が応じた。

「赤目様、大川の流れは元に戻りましたが、まだ流木なんぞが浮かんでおります。気を付けて下せえ」

と荷運び頭の喜多造が小籐次に注意した。

「重々気をつけて参ろう」

と答えながら、御用先は大川を遡《さかのぼ》った大名屋敷らしいと小籐次は推測した。

久慈屋の大番頭の観右衛門自ら掛け取りに行く先は、大半が大大名や大身旗本ばかりだからだ。

待つまでもなく観右衛門が信玄袋を手に船着場に姿を見せた。

「いってらっしゃいまし」

喜多造や人足らに見送られて小籐次が櫓を操る猪牙舟は、御堀から築地川へと下り、尾張藩の蔵屋敷の角を曲がって江戸湾に出た。

昨日に続いてなんとも清々《すがすが》しい秋晴れの天気で、空には雲ひとつ浮かんでいなかった。空の青さを映した大川河口では、未だ濁った水が海に流れ込んでいた。

小籐次は舳先に梅吉を立たせ、水に沈んだ流木などの見張りを命じた。

観右衛門が最初に訪ねた先は、仙台堀と小名木《おなぎ》川に挟まれた寺町の霊巌寺であった。

小名木川の高橋際に猪牙舟を繋いで梅吉に番をさせ、小籐次だけがお伴をしていった。用は四半刻も待つまでもなく済んだ。

次に十間川沿いにある津軽弘前藩抱屋敷で、観右衛門が一人だけで屋敷の表門を潜った。なにしろ猪牙舟を着けたのは藩邸の船着場であり、門番が立つ表門はその直ぐ前だから、掛け取りの金子を狙う悪者がいるとも思えなかったからだ。

猪牙舟に戻ってきた観右衛門が、

「さて、掛け取りは無事終わりました」

と言うと、刻限でも確かめるようにお天道様の位置を確かめた。

「芝口橋にお戻りかな」

「いえ、本日はこれからが大事な御用です」

と応じた観右衛門が、十間川を北に進めるように小籐次に願った。

越後村松藩の下屋敷と法性寺の間に架かる又兵衛橋を潜ると、十間川は北十間川に合流する。

観右衛門は北十間川をさらに大川方面へと向けさせ、一丁ばかり行ったところで、柳島村の土手下に掘り抜かれた暗渠《あんきょ》に舟を入れさせた。

暗がりを出た猪牙舟の前にいきなり黄金色に稲穂がたわわに実った田圃《たんぼ》が両岸に広がり、その間を古川と呼ばれる水路が西北に走っていた。

野分にも負けず豊かに色づいた田圃の風景は、小籐次らの気持ちを爽やかな心地よいものにしてくれた。

「なんともいえぬよい景色ですな。わが米櫃に今にも新米が届きそうな心持ちが致す」

小籐次の思わず吐いた言葉に観右衛門が笑った。

「赤目家の米櫃はそろそろ底をつきますかな」

煙草入れを腰から抜き、梅吉が用意していた煙草盆の火種で煙管《きせる》の刻みに火を点《つ》け、一服吸った観右衛門の口から、紫煙がゆっくりと流れていった。

「野分のせいで仕事をしておらぬゆえ、本腰を入れて稼ぎを致さぬと、駿太郎の食いぶちに困ることになり申す」

「まあ、今日は私にお付き合い願い、明日から仕事に精を出して下さいな」

「いや、そのようなつもりで申したわけではござらぬ」

と小籐次は観右衛門に言い訳した。

「赤目様、この界隈をご存じにございますかな」

「水戸様の蔵屋敷を東に入った辺りと見当はつくが、正直、馴染みがござらぬな」

「この古川、北に寺島村、南に須崎村を見ながら、隅田川の白髭ノ渡しの下流に出ます」

観右衛門は櫓を漕ぐ小籐次にあちらこちらと煙管で差しながら説明し、自らも秋日和を満喫する表情を見せた。

「観右衛門どの、江戸市中と異なり、清らかな水と黄金色の田圃と濃緑の樹林の景色に、雑念が洗われて長生きできるような気がしますぞ」

小籐次はゆったりと櫓を漕ぎながら深呼吸を繰り返した。

「そう思われますか」

「思いますとも」

「そうですか、気に入られましたか」

と吸い終わった煙管の吸い殻を、観右衛門はぽんぽんと煙草盆の灰皿に落とした。

猪牙舟はいつしか、大川が望める寺島村から須崎村に差し掛かっていた。つまり小舟は隅田川に入ろうとしていた。

隅田川左岸に並行して何本かの水路が走るその辺りは、岸辺に桜餅で有名な長命寺などが山門を連ね、また文人墨客が密《ひそ》やかに別宅を構える界隈でもあったが、小籐次は知らなかった。

観右衛門は猪牙舟をそんな水路の一つに入れさせた。

「赤目様、水路の突き当たりに見えるのが長命寺で、その昔、家光様の急病を救ったという謂《いわ》れの弁財天の碑がございます」

と説明すると、

「大番頭さん、赤目様に桜餅を食してもらおうってわけですね」

と梅吉が嬉しそうな顔をした。

「小僧さん、違いますな」

と鷹揚《おうよう》に笑った観右衛門は、長命寺の石垣にぶつかると猪牙舟を東に回させた。須崎村の間を縫う水路の水は清らかで、湧き水があることを小籐次に想像させた。流れの下には藻がくねくねとたゆたい、小さな魚が銀鱗《ぎんりん》を煌《きら》めかせて泳いでいた。

「これは極楽じゃぞ」

と小籐次が呟いたとき、水路は水源と思える池に入っていった。

須崎村の古池の周りには黄葉した梅、紅葉、桜の老樹や竹林が秋の日差しに照らされて、鄙《ひな》びた造りの御寮の藁《わら》ぶき屋根などが樹木の間にちらちらと見えた。

観右衛門が差した池の北岸に幅二尺ほどの船着場が突き出されて、羽織を着た男が立っていた。

「お待たせ申しましたかな、八兵衛さん」

と観右衛門が声を掛けると、八兵衛と呼ばれた男が深々と腰を折って揉み手で迎えた。

小籐次は猪牙舟を船着場に寄せた。八兵衛は梅吉から舫い綱を受け取ると、杭に巻き付けた。

「赤目様、ちょいとご一緒願えますか」

観右衛門は梅吉に舟に残るよう命じると、八兵衛を案内に立て船着場から岸辺に上がった。

するとそこには枝折戸《しおりど》があり、戸が開けられるとすでにどこかの御寮の敷地のようであった。

池の岸辺からなだらかな上りの竹林の斜面になっていて、細流と寄り添うように小道が続き、不意に視界が開けた。すると自然の湧き水を利用した泉水の向こうに凝った造りの藁ぶきの数寄屋が見え、離れになった茶室が池に面して見えた。

小籐次らは泉水に置かれた飛び石を伝って建物前の庭に出た。そこから今歩いてきた道を振り返った小籐次は、

「おおお」

と思わず感動の叫びを洩らしたほどの景色が広がっていた。

泉水の向こうに築山と庭と竹林、猪牙舟を舫った池、さらに須崎村の田圃越しに緩やかに蛇行する隅田川が流れ、さらに向こう岸に浅草寺《せんそうじ》の五重塔が霞んで望めた。

「なんとも贅沢《ぜいたく》な景色にございますな。眼福にござる」

「気に入られましたか」

「この景色を見せられて、だれが注文をつけましょうか」

「北村おりょう様もお気に召されましょうかな」

「おりょう様にございますか。それは必ずや」

と答えた小籐次は、まさかと観右衛門の顔を見返した。

「観右衛門どの、これはいつぞや願ったおりょう様の住まいにございますか」

「いけませぬか」

うーむ
と小籐次は唸った。

御歌学者の息女北村おりょうは水野家の奉公を辞して、歌人として生きることを決断した。そのためにおりょうが独り住まいし、歌作をなす家を見つけてくれぬかと小籐次は相談されていた。そこで小籐次は久慈屋の大番頭の観右衛門の知恵を借りたのだ。すると二つ返事で、大旦那様と相談申し上げ、

「北村おりょう様が気に召す住まい」

を見付けると約束してくれていた。

それが何か月前のことか。

小籐次は迂闊《うかつ》にもそのことを失念していた。

「気に入って頂けませぬか」

「気に入るも入らぬも、おりょう様がお住まいなるには立派過ぎませぬかのう」

と小籐次は案じた。

いや、おりょうならどのような建物でも立派過ぎるということはない。だが、入手するにはそれなりの金子が要った。

小籐次は、おりょうの懐具合を考えて、住まいを購入するための内金として五十両を久慈屋に預けていた。この金子におりょうが長年の奉公で蓄財した金子を足しても、百両か百二十両と踏んでいた。

「北村おりょう様は当代一の女流歌人になられます。そうなると必ずや門弟衆も増えます。そのときのために、住まいにはそれなりの格式と広さがなければなりませぬ」

「それは分かっておりますがのう」

「それにここなれば、赤目様が駿太郎様を小舟に乗せて隅田川を遡ってこられれば、敷地の庭先に着けられます」

「観右衛門どの、先立つものが」

と八兵衛に聞こえぬように囁いた。すると観右衛門が、

「八兵衛さん、爺《じい》やに命じてな、縁側から座敷に上がれるよう障子などを開いておいてくれませぬか」

と八兵衛を去らせた。それを確かめた観右衛門が小籐次に言った。

「うちでも赤目様から金子をお預かりしておりますし、おりょう様の貯えもございましょう。なあに足りなければ久慈屋がお立て替えしておきますでな。そのようなことをご案じなさいますな」

と観右衛門は軽くいなした。

「いえね、この御寮、どなたとは申し上げませぬが、幕府の要職におられた大身旗本の抱え屋敷にございましてな。茶道楽のお武家様ゆえ風雅な凝った造りにございます。ですが、当代様が不手際にて役職を離れられることになり、この抱え屋敷を手放すことになりましてな。久慈屋が引き取る話になっているのでございますよ」

「観右衛門どの、売り値はいくらにござるか」

「聞かぬが花、おりょう様には一首千両の赤目様が付いておられます。うちではなんの心配もしておりませぬよ」

と観右衛門が言い切った。

二人の鼻先で、八兵衛と爺やが障子を開いていった。すると縁側に面した庵《いおり》風の広座敷とそれに続く控え座敷が見えた。この二間だけでも、歌人ら二十人や三十人の集いができそうだった。

「さて、ご検分願えますか。お気に入られたら、おりょう様をお連れなされませ。爺やが別棟におりますでな、いつなんどきなりとも見られます」

と観右衛門が言って、未だ当惑気味の小籐次を縁側へと案内していった。

四

須崎村の屋敷を見たあと、観右衛門は、芝口橋の船着場に戻ると小籐次に、

「善は急げと申します。この足でおりょう様に報告に参られませぬか」

と勧めた。

帰り舟の中で櫓を漕ぎながら、小籐次は決断していた。

おりょうが女流歌人として出立《しゅったつ》する花道を万全に整えてやりたいという強い想いをだ。

久慈屋昌右衛門も承知の話、足りない金子はこつこつと小籐次が返していけばよい。この際だ、久慈屋の親切を素直に受けようと思ったのだ。

そこで一人になった小籐次は、芝口橋から猪牙舟の舳先を巡らし、芝車町《しばくるまちょう》の大木戸の浜に猪牙舟を着けて、芝二本榎大和横丁の水野監物《けんもつ》の抱え屋敷を訪ねた。するとおりょうは近くの寺に紅葉を見物に行っているとか、一刻（二時間）ほど待たされた。八つ（午後二時）過ぎに戻ってきたおりょうが小籐次を見て、

「赤目様がおいでと知っていたら、ご一緒に青紅葉を見物に参りましたものを」

と笑みを浮かべた顔で残念がった。

「おりょう様、これからそれがしに付き合うては頂けませぬか」

「過日は市村座の芝居見物にございましたが、本日はどちらへお誘いでございますか」

「それは参っての楽しみにして下され」

おりょうはしばし考えた末に、紅葉見物に同道したお女中衆に、

「赤目様がお伴ゆえ、そなたらは屋敷に止まりなされ」

と命じて、小籐次だけを供に徒歩で大木戸まで下った。

おりょうは浜に留められた猪牙舟を見てもなにも言わなかった。小籐次を信頼して、どこへなりとも従うという顔で猪牙舟に乗り、端然と胴の間の座布団の上に座した。

「隅田川を漕ぎ上がりますでな」

小籐次はおりょうに説明すると、猪牙舟が揺れぬように櫓を漕ぐことに専念した。おりょ

うもあらためて行き先を聞こうともしなかった。

猪牙舟が須崎村の別宅の船着場に着いたとき、七つ半（午後五時）の頃合であったろうか。

おりょうは小籐次に従い、舟を下りると、枝折戸を潜りながら辺りを興味深げに見回した。

「暫時《ざんじ》こちらでお待ちを」

と小籐次はおりょうを雨戸が閉て回された縁側の、沓脱《くつぬ》ぎ石の前に待たせると、別棟に走り、住込みの爺やに命じて再び屋敷を開けさせた。

「お待たせ申しましたな」

観右衛門と眺めた景色とは違う風景があった。

時刻が進んだせいで、西に回った日差しが須崎村と隅田川の光景に濃い陰影を与えていた。

それが風雅な屋敷と景色に新たな魅力を加えていた。

北村おりょうは縁側に上がると、暮色に染まった浅草川界隈の秋景色に陶然とした眼差《まなざ》しを向けた。

爺やを去らせた小籐次は、おりょうを案内して屋内を見せた。

庭に向かって千本格子の障子が嵌められた違い棚、その隣に床の間ある十二畳の主座敷。

縁側に沿って八畳の続きの間が並んでいた。十二畳の奥に六畳の仏間と十二畳の座敷。いずれも黒光りした欅《けやき》の梁《はり》と柱に利休壁が重厚さと渋さを見せていた。

四つの座敷が田の字に母屋を構成し、その周りを廊下がぐるりと取り巻いて広々と見せていた。田の字の四間の他に台所、湯殿、厠などが付属し、爺やは別棟に住んでいた。

「ほれ、泉水に向かって突き出しておりますのが、茶室にございますそうな」

と離れ屋の茶室を差した小籐次は、

「おりょう様、いかがにございますかな」

とおりょうの顔色を窺《うかが》った。

「赤目様、この世の景色とも思えませぬ」

感に堪えないおりょうの返答だった。

「それを伺《うかご》うて安心致しました」

と小籐次が応じた。

不意におりょうが小籐次を見た。

「赤目様、こちらをおりょうの独り住居に探して参られましたか」

「いけませぬか」

「この家は、ご大身、分限者《ぶげんしゃ》の別宅にございます。選び抜かれた土地と景色の中、凝りに凝った普請《ふしん》で申し分なき御寮にございます。いずれ名のある茶人、俳人がお造りになったと推測されます。赤目様、おりょうには無縁の屋敷にございます」

おりょうは静かな口調で小籐次に応じた。

「おりょう様は江戸の歌壇にこれから打って出られるお方、この屋敷こそお似合いにございます」

おりょうが小籐次の言葉に微笑《ほほえ》んだ。

「赤目様、嬉しいお言葉なれど、物を購《あがな》うという折は、それにふさわしい金子が要るものです。私には恥ずかしながら、この屋敷を購うほどの金子の仕度はございません」

「おりょう様、この小籐次がご案内してきた以上、おりょう様にそのような恥をかかせませぬ。内金はすでに支払ってございます」

「な、なんと申されましたか、赤目様」

おりょうの驚きに小籐次は首を竦めた。

「おりょう様、お怒りにございますか」

「なんじょう怒りましょうか。内金というお言葉に驚いたのです。どなたがだれに、いくら支払われたのですか」

「不躾《ぶしつけ》ながら、それがし五十両を、このときのために久慈屋様に預けてございました。それを内金と致しました」

おりょうは小籐次を夕暮れの光で正視すると、このおりょうに事情をお明かし下さい、と静かにその場に座した。

　縁側に向かい合って座した小籐次は、おりょうに今朝方からの顚末《てんまつ》を語った。

「この屋敷はすでに久慈屋様の持ち物にございますか」

「大番頭どのはそう申されました。また主の昌右衛門様もこの一件承知のことで、この屋敷を入手なされた時から、北村おりょう様の独り住まいとの考えがあってのことと聞いております」

　おりょうはしばらく沈黙し、さらに夕焼けに染まり始めた景色に視線を預けていたが、ぽつんと呟いた。

「私はなんと幸せ者にございましょうか」

　景色に視線を預けているおりょうは、涙を堪《こら》えているようにも思えた。

「久慈屋様は、情を心得たご一家にございます」

　おりょうの眼差しが小籐次にゆっくりと戻された。おりょうの両眼が潤んで残照を映していた。

「それもございます」

「と、申されますと」

「このおりょう、赤目小籐次様の男《おのこ》ぶりと献身にふさわしき人間にございましょうか」

がばっ、と小籐次はその場に頭を伏せた。

「おりょう様、そなた様のことなれば、赤目小籐次一命を捨てます」

「赤目様」

おりょうの手が小籐次の背に触れた。

「おりょう様、この家がお気に召されたのであれば、この赤目小籐次にお任せ下され。赤目小籐次は一首千両の士、金子のことなど案じなされませぬように、と大番頭どのからお言葉を頂いております。むろん借りたお金は返さねばなりませぬ。小籐次、これから粉骨砕身、おりょう様が気兼ねなきよう久慈屋様に残余の金子を支払って参ります」

「赤目様」

背に置かれたおりょうの手が震え、それが小籐次に伝わった。

「お顔を、このおりょうにお見せ下さりませ」

小籐次はおりょうに乞われてゆっくりと顔を上げた。

おりょうが小籐次の傍らににじり寄り、そおっと胸に身を預けた。

小籐次の鼻腔《びこう》に芳しいおりょうの香りが漂い、頭がくらくらした。

「私は幸せ者です」

とおりょうがまた繰り返した。

「この家、気に入られましたな」

「住んで宜しゅうございますか、赤目様」

「もはやおりょう様のお屋敷にございます」

「なんということ」

二人はしばらくの間、そのままの姿勢で時の流れに身を委ねていた。

久慈屋が仲介してくれた須崎村の別邸は、北村おりょう一人が住まいするには十分な広さだった。そんな空間の中に小籐次はおりょうの細身を胸に抱いて、

「まさか幻ではあるまいな」

と呆然とした時を過ごしていた。

「明日にも久慈屋様にご挨拶に伺いとうございます」

おりょうの声が聞こえて、現《うつつ》のことだと小籐次は悟った。

「ならばそれがしお迎えに上がります」

その前に、とおりょうが呟いた。

「赤目様にはどのようなお返しをしてよいか」

胸に寄せられていたおりょうの顔が小籐次の顔に向けられた。そして、ゆっくりと顔が上がり、小籐次の唇におりょうのそれが重ねられた。

小籐次がおりょうを大和横丁の水野家に送り、品川大木戸の浜から猪牙舟で芝口橋に戻ってきたのは、五つ半（午後九時）を過ぎた刻限だった。すでに久慈屋の表戸は閉じられていたが、臆病窓《おくびょうまど》が少し開けられて明かりが零《こぼ》れていた。

「どなたか起きておられますか」

と小籐次が遠慮深げに声を掛けると、

「お待ちしておりました」

と大番頭の観右衛門の声がした。直ぐに通用口が開けられて、小籐次は店の土間へと請《しょう》じ入れられた。

「おりょう様のお返事はいかがにございましたな」

「それはもう。明日、こちらに挨拶に参られるそうにござる」

「それはよかった」

と観右衛門がほっと安堵したように洩らした。そして、上気した小籐次の顔を見た観右衛門が、

「どうやら舟で漕ぎ回られただけで、夕餉を食する間もなかったようですな」

と訊いた。

「おお、忘れておった」

「昼餉ぬき夕餉ぬきでは身が保ちませぬぞ。台所においで下され」

「もう遅うござれば」

「私のほうにも話がございます」

話が聞きたいのか、観右衛門は小籐次の手を引かんばかりにして板の間に案内した。

いつもの火鉢のある大黒柱前の定席に箱膳が一つ残されていた。どうやら小籐次の膳のようだった。

観右衛門が火鉢の上の鉄瓶に、すでに仕度のなっていた燗徳利を入れた。

「燗がつくまでしばしお待ち下されよ」

と言った観右衛門が、小籐次に話を催促するように見た。

「観右衛門どの、話をなす前に、おりょう様からの注文にございます」

「なんでございましょう」

「久慈屋様がお引き取りになったあの屋敷の値をお知りになりたいそうです。十六の年から水野家に奉公した給金などでは足りぬことは分かっておられます。あといくら残りがあるか知った上で、久慈屋様のご親切をお受けしたいと申されておられます」

「そのようなことはもはや宜しいのですがな。おりょう様も赤目様も律儀なお方ゆえ、正直に申し上げます。久慈屋が屋敷を入手するのに支払った値は四百七十五両にございました」

「残りは四百二十五両、にござるか」

小籐次は莫大《ばくだい》な借財を負ったな、と心を引き締めた。

「明日からせっせと研ぎ仕事に精を出したいが、全額を返金するまで何百年もかかりそうな」

「研ぎ仕事で四百余両をご返金ですか。それは遠大なご計画で」

と笑った観右衛門が、ぽちぽち燗がつきました、と小籐次に茶碗を持たせ、少し温めの燗酒を注いでくれた。

「頂戴します」

最前まで喉の渇きも空腹も忘れていたが、酒の香りを嗅いだとたん、腹の虫がぐうっと鳴って、茶碗に口を付けた。喉を鳴らして一息に茶碗酒を飲み干し、ふうっ、と満足の息を吐いた。

「今宵の赤目様は格別にお幸せそうに見えますすな」

「これ以上の甘露はござらぬ」

「赤目様はおりょう様第一のお方にございますでな」

観右衛門の言葉に大きく首肯した小籐次は、須崎村の別邸に接したおりょうの驚きと戸惑いと感激を語り聞かせた。

「赤目様、長い一日でございましたが、終わりよければすべてよし。ようございました」

「久慈屋様と観右衛門どののお心遣いの賜物《たまもの》にござる。赤目小籐次、どうお返しすればよいか、分からぬ」

と小籐次が呟いた。

「赤目様、すべては旦那様方が箱根の湯治に参られた折、気難に遭った旦那様方を赤目様が助けられた、あの日から久慈屋と赤目様の深いお付き合いは始まりました、運命《さだめ》にございます」

「以来、久慈屋どのには助けられてばかり」

「赤目様はご自分の価値をご承知ございませぬな。御鑓拝借の金看板が江戸でどれほどの値打ちがあるものか。久慈屋には水戸様をはじめ大名数家から、赤目小籐次様を召し抱えたいが、禄高《ろくだか》に望みはあるかという問い合わせがございますよ」

「驚きました。されどそれがし、ご奉公はもうこりごり」

「赤目様は豊後《ぶんご》森藩久留島通嘉《くるしまみちひろ》様の恥辱を雪《すす》ぎ、ご忠義を尽くすべく御鑓拝借をやってのけられたお方、他家へのご奉公は無理にございます、と勝手ながらうちで断らせてもらっております」

「知らぬところで久慈屋様に迷惑をかけており申す」

「いえ、私が申したかったことは、赤目小籐次様にとって借財四百両足らずは目腐《めくさ》れ金《がね》、ということです」

「それはならぬ。ともかくなんとかせねばな」

と自らに言い聞かせるように呟く小籐次に、観右衛門が話柄を変えた。

「夕刻、難波橋の秀次親分が店に参られましてな」

「おお、そうじゃ。観世流笛方一筝どのと入れ墨者の伴蔵が千枚通しで殺された事件の探索に走り回られておられたのであったな。下手人は上がったのであろうか」

「いえ、それが難儀しておられるようで、赤目様のお力を借りたいとうちに参られたのでございますよ」

「それは困った。駿太郎を新兵衛さんのところに預けっぱなし、おりょう様のこともあれば、仕事もせねばならぬ。秀次親分の御用にお付き合いもせねばならぬが、わが身は一つ」

ふっふっふ
と観右衛門が笑った。

「まあ、秀次親分のほうはまだ二、三日探索に手がかかりそうな様子でしてな、間があります。ただ今、赤目様も多忙の砌《みぎり》と伝えておきました。なんでも妾のおすぎが赤目様にしか話さぬと、駄々を捏《こ》ねているようなことでしたがな、これはいけませぬぞ」

「いけませぬとは、なんでございますな」

「女難の相が赤目様の顔に出ております」

「それがしのもくず蟹《がに》顔に女難の相でござるか」

「ここはおりょう様大事に、他人様の妾の用など聞くことはありませぬ」

と観右衛門が言い切り、小籐次の茶碗に酒を注いだ。

この夜、小籐次が新兵衛長屋に戻ったのは四つ半（午後十一時）の刻限であった。さすがに勝五郎の家に明かりはなく、二日続けての徹夜仕事はないようだった。

おきみが気を遣ってくれたか、火鉢に埋み火があり、そこはかとなくその周りが温かかった。その埋み火で行灯に明かりを灯した。すると上がり框に書状が置かれてあった。

「多忙の折にいずこから手紙が参ったか」

裏を返すと、高堂伍平とあった。豊後森藩下屋敷の用人であり、小籐次の直属の上役であった。

書状を披《ひら》くと、

「一筆近況をご披瀝《ひれき》申し上げ候……」

との書き出しで下屋敷での日々の瑣《さ》事《じ》が綴られた後、

「いささかそなたに大事なる御用是あり、一度下屋敷に顔を出すよう」

と命じてあった。

「忙しい時にはあれこれと用事が重なるものよ」

と独白した小籐次は引きっぱなしの布団にごろりと横になった。

第三章　ふらふら小籐次

一

朝、寝床の中で、小籐次はこつこつと遠慮げに叩く音に起こされた。すでに夜は白んでいた。

「いかぬ、寝過ごした」

と飛び起きた小籐次は、

「どなたかのう。戸を開いてお入り下され」

と声を掛けると引き戸が開かれ、太郎吉とうづが仲よく顔を覗かせた。

「うづさん、元気そうだ」

「でも、駿太郎さんの姿がないわ」

小籐次の寝ぼけ顔を見た二人が言い合った。

「朝早くからどうなされた」

「野分以来、深川に顔を見せないから、長屋が水に浸かってなにかあったんじゃないかって、うづさんが心配してよ。見に来たんじゃないか」

「それは相すまぬことをした。なんとか長屋に水は入らなかった。われらも元気じゃ」

「赤目様、駿太郎さんはどうしたんだ」

と太郎吉が訊いた。

「それだ。それがしも野分の夜以来、新兵衛どののところに預けっ放しで、まともに顔も見ておらぬ。もはやそれがしの顔は忘れられたかもしれぬ」

と小籐次がぼやくと、

「よかった、お元気なら言うことなしだわ」

とうづが太郎吉の顔を見た。

「折角、大川を渡ってきたのよ。駿太郎さんのお顔を見て帰らない」

「おお、それがいい」

小籐次は、昨夜のままの恰好《かっこう》に、布団の傍らに置いてあった脇差を腰帯に差すと次直を手に土間に下りた。

「それにしてもうづどの、今朝は平井村を早く出たであろう」

草履《ぞうり》を履きながら小籐次は、うづが夜明け前に実家のある平井村を発《た》ち、深川蛤町河岸で太郎吉を舟に乗せて大川を渡ってきたと思い、尋ねた。

「赤目様、うづさんはよ、昨日からうちに泊まってたんだよ」

「なに、太郎吉どのの家に泊まったか」

「赤目様のことが心配だと言ったら、実家の親も日頃から恩義のあるお方、是非見舞いに行ってこいって言うし、それを聞いた太郎吉さんの親父様もおっ母さんも、ならばうちに泊まって、大川を渡ったらどうだい、暗い内に女ひとりが平井村から小舟で来るのは危ないよって案じなさるものだから、うちの親とも相談して泊めていただいたの」

「おお、それはよかった」

「赤目様よ、おれが平井村に行ってよ、ふた親が一緒に住まいする家にございますって挨拶して、許しを貰ったんだよ」

と言い添える太郎吉の顔がなんとも嬉しそうだ。

小籐次が二人の訪問者を新兵衛の家に連れていこうとすると、どぶ板の上に籠《かご》が二つあり、茄子、貝割菜、大根の秋野菜の他に栗や柿、さらには菊の花まで山盛りに顔を覗かせていた。

「まるで秋尽くしじゃが、この界隈で商いかな、うづどの」

「いえ、長屋のお方に分けていただこうと思いまして」

「なにっ、われらのために運んでこられたか。うづどの、気を遣わせて重々すまぬ」

と頭を下げた小籐次は、

「まず新兵衛さんの家に荷を運ぼうか」

と太郎吉と小籐次が一つずつ籠を持って続いた。

昨夕のうちに収穫したという秋茄子の紫がなんとも目に鮮やかだ。

木戸を抜けると、新兵衛のわけのわからぬ歌と駿太郎の、

「じいちゃん、そうじゃないよ」

という声が響いてきた。

「新兵衛さんをほんとの爺様と勘違いしておるのではないか」

小籐次は真剣に案じた。それを見た太郎吉が、えっへっへと笑い、

「あまりよ、他人の家に預けてると、赤目様がだれか忘れられるな」

と小籐次の痛いところを衝《つ》いた。

「いかにもさよう」

と弱々しく答えた小籐次は、お麻さん、と呼びながら野菜の籠を抱えたまま玄関の戸を押し開いた。すると、

「あら、駿ちゃん、野菜のお化けよ」

というお夕の声がして、駿太郎が、

「やさいのおばけ、やさいのおばけ」

と囃《はや》し立てる声がした。

「そうではないぞ、駿太郎」

と小籐次は玄関土間に籠を置き、駿太郎を見た。

玄関座敷に新兵衛と駿太郎とお夕がいて、小籐次を見返した。

「駿太郎、それがしがだれか分かるか」

と小籐次は自らを差しながら真剣な表情で尋ねた。だが、駿太郎は知らぬ顔だ。

声を聞き付けたお麻が前掛けで手を拭きながら姿を見せた。

「駿太郎、じいじいの顔を覚えておるか」

小籐次は駿太郎に念を押して問うた。

「よいどれじい」

「酔いどれ爺ではない。それがしはそなたの父親じゃぞ」

もはや小籐次は真剣そのものだ。

「朝早くどうなされました。駿太郎さんはちゃんと赤目様のことを覚えておられますよ。ご安心下さいな」

そうか、そうよのう、と少し安心の体で答えた小籐次は、

「お麻さん、お夕ちゃん、駿太郎の面倒をかけっ放しで相すまぬ。雑事に追われて飛び回っておるゆえ、深川からこうして二人が、野分で長屋に水が上がったのではないか、駿太郎になにかあったのではないかと案じ、訪ねてこられた」

と太郎吉とうづのことをお麻らに紹介した。

「駿太郎さんの元気な顔を見て安心したぜ。なあ、うづさんよ」

と若い二人が頷き合い、小籐次が、

「お麻さん、うづどのが商売ものの野菜をかように持ってきてくれた。長屋の皆さんで分けてくれとな」

「えっ、商いの品にございましょう。それほど瑞々《みずみず》しいものなら長屋で売れますよ。ひと声かけましょうか」

とお麻が言うとうづが、

「本日は商売ぬき、赤目様のお見舞いにございます。どうかお長屋の方でお分けになって下さい」

ときっちりした挨拶を返した。

「赤目様、よろしいので」

「うづどのの気持ちだ。素直に受け取って配ってくれぬか」

小籐次の声にしばし思案したお麻が、

「お二人さんのお気持ち、有難く頂戴します」

と答え、玄関を下りると二籠の野菜を見て、

「赤目様、長屋だけではなく、久慈屋様に真っ先にお届けになったらどうですか。喜ばれますよ」

「久慈屋さんの分まであるか」

「こんなにたくさんよ」

新兵衛の家の前で時ならぬ野菜市が店開きし、勝五郎やおきみら長屋の住人も集まってきた。

「なんだって、川向こうから赤目様と駿太郎ちゃんのことを心配して来られたってか。おれもよ、野分以来、酔いどれ様の腰が落ち着かねえと思ってたんだ」

と勝五郎が言い出し、

「なに言ってんだい、おまえさん。仕事を赤目様から頂戴したんだろ」

とおきみに怒鳴られた。

「いや、確かにこのところ、わが体であってわが体でないような有様、長屋の衆にも面倒をかけておる。真に相すまぬ」

と小籐次が頭を下げるところに、玄関の上がり框に駿太郎と新兵衛が並んで座って、

「あいすまぬ」

と頭を下げた。

そんな鼻先でお麻がうづの手を借りて手際よく、

「この山は大所帯の久慈屋の分、こちらは長屋の衆、最後にうち」

と仕分けしていった。

「貰っていいのかい。こんなに野菜やら栗をただでよ」

勝五郎が長屋を代表してうづに頭を下げた。

「折角じゃ。この野菜、久慈屋の台所に届けに参ろうか」

と小籐次が言い出すと、

「赤目様、お夕にさせます。お二人さんと赤目様はうちに上がって下さいな。一緒に朝餉をいかがですか」

とお麻が采配を振るって娘に命じた。

「私たちも、お夕ちゃんと一緒に久慈屋さんまで散歩に行かない」

今度はうづが太郎吉に誘いかけ、

「こんなときじゃねえと、江戸の朝景色もよ、それに久慈屋さんの台所なんぞも見られないい

ものな」

太郎吉は、さっさと久慈屋の分の野菜や柿や菊の花を空になった籠に戻して自ら担いだ。

「お夕ねえちゃん、駿もいく」

今度は駿太郎も言い出し、

「駿太郎さん、久慈屋さんまで歩いていける」

とうづに訊かれて、いくいくと玄関土間の小さな下駄を突っ掛けた。

「太郎吉どの、うづどの、重ね重ねすまぬことじゃ。諸々はあとで話すでな」

という小籐次の声に送られて、四人はようやく乾いた河岸道を通って久慈屋に向かった。

「酔いどれ様、朝湯に行かねえか」

と勝五郎が再び顔を出して誘った。

「それがいいわ。おまえさんも行ってらっしゃいな。その間に朝餉の仕度をしておくから」

とお麻が亭主の桂三郎に手拭いと湯銭を持たせて、小籐次も慌てて長屋に戻り、下帯や着替えを用意し、再び木戸口に戻りながら、

「勝五郎さん、朝湯とはよい思いつきじゃ。本日もおりょう様にお会いするゆえ、いつもいつもむさい姿では嫌われるでな」

とぼそぼそと呟いた。

「それにしてもよ、酔いどれ様の忙しさは半端じゃないな」

と新兵衛の家に戻ってきた小籐次に勝五郎が言いかけた。

「あれこれござってな」

とだけ答えた小籐次らは、馴染みの加賀湯の暖簾《のれん》を潜った。すると番台に嫁のおうめがいて、

「あら、三人で朝湯なんて珍しいわね」

と迎えてくれた。

「ここのところ忙しゅうて、湯屋にも来られなかったでな」

湯銭を払った三人は、脱衣場で手早く脱ぎ捨てると洗い場に下りた。一瞬、小籐次はおりょうの残り香が湯に入って消えることを惜しんだが、

「本日もお会いできるのだ」

と気持ちを切り替え、湯をざんぶと肩から掛けた。

石榴口《ざくろぐち》を潜った三人は少し熱めの湯に静かに体を浸し、

「極楽にござるな」

「いかにもこの世のものとも思えねえ。公方《くぼう》様でも、こんなのうのうとした気分は味わえめえぜ」

と言い合った。

「公方様は大袈裟《おおげさ》じゃな」

「酔いどれの旦那、お城の湯浴みたあ、どんなふうだ」

「さてのう。それがしもお城の中奥に招かれたことがないでな、よう分からぬが、まあお女中衆に手足を洗われて、勝五郎どののように好き放題は言えまいな」

「なに、お女中衆が手とり足とりか。それも悪くねえな」

と湯で顔を洗った勝五郎が、

「まあ、城中の公方様を案じてもしようがねえ。あっちはどうなってるんだい。二の矢まではうまくいったがよ、最後の三の矢の狙いが定まらないって、ほら蔵が文句たらたらなんだよ」

と一筆理三郎と伴蔵殺しの進展を小籐次に訊いた。

「勝五郎どの、昨日、秀次親分が久慈屋に参られ、それがしに手を借りたいと言い残されていかれたとか。そちらの一件もなんとかせねばならぬが、身は一つ、ままならぬ」

「酔いどれの旦那、千枚通しの一件で飛び回っているんじゃないのか。おりゃ、そっちばかりと思ってたぜ。世の中でなんたって見逃しちゃならねえのは殺しだ。酔いどれの旦那、万難を排してよ、こっちを先にしてくんねえか」

「そう、勝五郎どのの都合よくは参らぬ」

「仕事をしているふうもねえのに、なにがそんなに忙しいんだ」

勝五郎に追及されて、うっ、と詰まったが、

「あれこれとな、雑事にござるよ」

「雑事なんて後回しだよ。朝飼を食ったらよ、難波橋を訪ねて、親分の手先を務めなよ」

「本日はもう予定が入っておる」

「だから、予定とはなんだい。深川の若い衆も案じて酔いどれ様の様子を見に来たほどだ。しっかりしてくれなきゃ、おれんちの釜の蓋が開かなくなるぞ」

と宥《なだ》めたりすかしたりする勝五郎の態度に桂三郎が笑い出した。

「勝五郎さん、赤目様の本業は秀次親分の手先の真似ではありませんよ。天下の赤目様のなさることとです。しばらく静かに見ていたらどうです」

「桂三郎さんよ。そうかね、それでいいのかね」

と勝五郎がぼやいた。

「まあ、秀次親分も探索には二、三日かかると言い残されたようじゃや。それまでにはこちらの雑事も片付く」

「次から次と、なんぞ出てくるんじゃねえのか」

「あっ」

と勝五郎の言葉に小籐次が驚きの声を発した。

「ほれ、なにか思い出した」

「旧藩の下屋敷の用人どのが、長屋に手紙を残していかれておるのを思い出したのだ。下屋敷に顔出しせよと記されてあったわ」

「ほれ、みねえ。ぞろぞろとあとからあとから出てくるじゃねえか。殺しは待ったなしだよ」

「勝五郎どの、秀次親分の声がかかれば動くでな。二、三日の辛抱だ」

と小籐次は湯の中で己に言い聞かせるように言った。


三人が連れ立って新兵衛長屋に戻ると、木戸口に味噌汁の匂いが漂っていた。すでにうづと太郎吉も久慈屋から戻っていて、玄関に二人の履物が並んで見えた。

「じいじい、いらっしゃい」

と駿太郎が小籐次を迎え、お麻の手伝いをお夕とうづがして、朝餉の仕度が出来上がっていた。

新兵衛一家三世代四人に小籐次と駿太郎、それに太郎吉とうづが加わり、総勢八人の膳が並んでの朝餉だ。

「これはなかなか壮観かな」

「赤目様、うづさんの野菜や漬物を使わせてもらいました」

お麻が膳の上に視線を送った。

その膳には、鯵《あじ》の干物に納豆、野菜のお浸し、なめこと豆腐の味噌汁に香のものが並んでいた。

「新兵衛じいちゃんはこっち」

とお夕がこのところ一段と呆けが進行した新兵衛の膳の傍らに座り、面倒を見ようとした。

新兵衛と駿太郎は炊き立ての飯に生卵を落とした卵かけごはんだ。

「赤目様、忙しいわけを久慈屋の大番頭さんに聞いたぜ」

と太郎吉が言い出した。

「太郎吉さん、それは内所の話じゃないの」

とうづが慌てた。

「お夕ちゃんだって聞いてるぜ」

「はい、私も観右衛門様のお話は耳に入りました」

とお夕が答え、

「お夕もお二人さんも、持って回った言い方で一体全体なんの話なの」

とお麻が問うた。

皆の視線が小籐次に集まった。

「昨日から急に忙しくなったのは、久慈屋さんの口利きで、北村おりょう様のお住まいの一件が進展したからじゃ。朝の間に須崎村まで結構な御寮を見に行き、昼過ぎからはおりょう様を連れて再び須崎村へ御寮を見に参ったでな。一日じゅう、舟に乗っておった」

「おりょう様は大層お気に召されたそうですね、赤目様」

「長命寺裏の池と隅田川を借景にした屋敷と庭は凝った造作でな、あれ以上の住まいはあるまい」

「それでおりょう様は、そこをお求めになるのですか」

お麻の問いに小籐次は頷いた。

「おりょう様は御歌学者の息女。父御の北村舜藍様の代理を務められるほどの才ある歌人でな。此度、その道に進まれることを決心なされたのじゃ」

「水野様のご奉公をお辞めになるのですね」

とお麻は念を押した。

「うーむ、新しい出立をなさるおつもりでな。それがし、家探しを前々から願われていたのだ」

朝餉を摂りながらの会話に、新兵衛と駿太郎の他は興味津々の表情だ。

なにしろ市村座の岩井半四郎丈の新作興行『薬研堀宵之蛍火《やげんぼりよいのほたるび》』に小籐次が招かれ、一眼千両の岩井半四郎と一首千両の赤目小籐次の揃い踏みとあって、江都を沸かせたばかりだ。

市村座の興行では二人の千両役者の他に、見物席にもう一人大輪の花を艶やかに咲かせたのが北村おりょうであった。その美貌はおりょうの名を一気に江戸に広げていた。

「本日、おりょう様がお礼の挨拶に久慈屋に参られる。それがし、北村邸までおりょう様を迎えに参るでな。本日も研ぎ稼業は開店休業にござる、うづどの」

と小籐次が話を締めて、うづがただこっくりと頷いた。

二

小籐次は、太郎吉とうづを見送った後、熊床に行って親方に無精髭を当たってもらい、髪を梳《す》き直し、髷を結ってもらった。その足で久慈屋に立ち寄ると、観右衛門が、

「おうおう、さっぱりなされましたな。これで頭と顔はなったが、そのなりでは」

と着古した普段着を見た。

「それがし、こちらまでの案内人にござるが、まずうございますかな」

「まあ、店裏の座敷へお通りなさいまし」

　と観右衛門が小籐次を案内すると、そこにはおやえが待ち受けていて、呉服屋の名入りの畳紙《たとうがみ》が重ねられてあった。

「赤目様、お着替えです」

　とおやえが笑いかけた。

「なに、衣服を着替えよと申されるか。おやえどのも承知のようにそれがし、いささか身の丈が低うござってな。どなた様の召し物をお借りしても子供が着たようで大きかろう」

「赤目様、旦那様が過日の市村座の赤目様の継裃《つぎかみしも》姿を見られましてな。これからなにがあってもいけません、赤目様の時服《じふく》くらいうちでも揃えておきましょう、とおっしゃられて、誂《あつら》えたものです。大きさを案じなさることはありませんぞ」

「驚きました。市村座ではおりょう様が継裃を用意下された。此度は久慈屋様が呉服屋に頼んで新調して下されたとは、それがし、恐縮至極にて身の置きどころもござらぬ」

「そのようなことより、ささっ、お着替えを」

　とおやえに促されて、手に提げていた次直を床の間に置き、脇差も抜いて傍らに添えた。

「うーむ、たしかにこの普段着はあちらこちらに継ぎがあたり、毛羽立っておるな」

と独り言を言いながら、おやえが畳紙から出してくれた襦袢《じゅばん》に着替え、足袋《たび》を履いた。

この足袋は隣の足袋問屋の京屋喜平の円太郎親方の手になるもののようで、小籐次の足にぴたりと吸いつくようでいて、どこにも窮屈なところがなかった。

畳紙から出された小袖《こそで》は秋らしい竜胆《りんどう》模様で、近くで見るのと少し離れたところから見るのでは印象が違った。どちらにしても高貴な感じがした。

「この竜胆紋、もくず蟹顔には似合うまい」

と呟きながら袖を通した小籐次におやえが、

「いえ、赤目様のお顔を引き立ててお似合いです」

と自信ありげに答え、観右衛門も、

「私もな、この竜胆紋を見たとき、どうであろうかと危惧《きぐ》致しましたがな。なかなかどうしてお似合いにございますぞ。さすがはおやえ様」

と感嘆した。

「この小袖、おやえどのの見立てにござるか」

博多献上帯を結んだ小籐次がくるりと回ってみせた。するとおやえがにっこりと満足げに笑った。

「これならば、おりょう様もきっとお気に召されます」

とおやえは太鼓判を押した。

「ささっ、袴《はかま》をお召し下さいな」

仙台平《せんだいひら》に五つ紋の黒羽織を着ると、小籐次はなにやら武家奉公の時代を思い出した。むろん、下屋敷の厩《うまや》番、このように身に合った新調の衣服の袖など通した経験はなかった。

御用の折など、下屋敷備え付けのよれよれの羽織袴を着せられ、却《かえ》って情けない気持ちになったものだ。

小籐次は脇差を腰に差すと気が引き締まった。なんだか自分でも格が上がったようで自然に胸を張っていた。

「御鑓拝借の武勇伝の武芸者、堂々としたものですぞ。ささっ、奥に旦那様方がお待ちです」

と観右衛門に案内されて久慈屋の奥座敷に向かうと、そこには主の昌右衛門と内儀夫婦が待っていて、

「仕度がなりましたな」

「赤目様、ご立派な出立《いでた》ちにございます」

と口々に褒めてくれた。

廊下に座した小籐次は、

「昌右衛門様、お内儀様、此度の一件、なにからなにまで世話をお掛け致します。赤目小籐次、一日も早くご返金ができますよう身を粉にして働く所存にござる」

と頭を下げて礼を言った。

「天下の赤目様に頭を下げられたら、この久慈屋昌右衛門、身の置き所がありませぬ。それにな、須崎村の御寮など安いものです」

「久慈屋どのにとっては安い買いものかも知れませぬが」

「いえ、そうではございません。まあ、赤目様、お聞き下さい。古来、商人は転んでもただでは起きぬものにございましてな。赤目様がうちと親しくお付き合いして下さるようになって、お得意様が、久慈屋、そなたのところに酔いどれ小籐次が出入りしておるそうではないか、折あらばわが屋敷に伴うて参れ、などと普段はお口の堅いご家老様や用人どのから親しげに声をかけてもらいましてな、思わぬ注文を頂戴したのは一再ではございませぬ。かように久慈屋は、赤目様のお名で商いをさせてもろうております。この利を考えれば、あの御寮など安い買いものと申し上げたのでございますよ」

と昌右衛門が笑いながら言った。

「昌右衛門様、こちらのご商売はご商売。それがしが大金をお借りするのは別のことにござる」

「律儀なことにございます。されど赤目様、御三家水戸様が売り出された赤目小籐次様特製のほの明かり久慈行灯の売れ行きで、水戸様とうちがどれほど利を上げたか、未だ赤目様にはご報告しておりませんでしたな。あの利だけでも私どもは釣りがきます。水戸家では新作のほの明かり久慈行灯を計画しておられるようですし、赤目様は私どもにとって打出の小槌ですよ」

「それがしが打出の小槌ですと」

と呆れた顔をしたところに、袱紗《ふくさ》の掛かった三方《さんぽう》を手にした浩介とおやえ、久慈屋の後継二人が揃って顔を見せた。

「お父つぁん、おっ母さん、どうです。おやえの見立て」

「おやえ、ようできました」

と内儀が娘の成長を喜ぶように微笑み、浩介が三方を昌右衛門の前に差し出した。

「赤目様、過日、市村座の親方がうちに参られましてな、市村座の新作興行『薬研堀宵之蛍火』が大当たりしたお礼を赤目様に差し上げて下さいと、うちに預けて行かれました。いえね、ご当人に直に渡したのでは断られること間違いなし、後見の久慈屋がしかるべき時に赤目様に渡して下され、と親方が置いていかれたものです」

小籐次は昌右衛門の顔と袱紗の掛かった三方を交互に見た。

「それがし、市村座にはお招きで上がって芝居見物をなしただけ、なんのお役にも立っておりませんぞ」

「いえいえ、どうしてどうして。岩井半四郎丈の眼千両と赤目様の一首千両の初日の共演が江戸で大評判を呼び、市村座は連日満員の盛況にございますそうな」

「さりながら、初日以降は大和屋様の芸のお力で客を呼ばれておられよう」

「芝居者もただでは起きぬ人間どもですな。二日目からは赤目小籐次様の代役を立てて、二人千両を演じ続けておられますそうな。それに比べたらこの三方の金子などお安いものにございますよ」

と昌右衛門が笑いかけ、浩介に合図した。すると浩介が、
はらり
と袱紗を取った。すると切餅《きりもち》が四つあった。

「百両も」

呆然とした小籐次は、

「なにやらそれがし、頭痛がするようじゃ」

と呟いた。

昼下がり九つ半（午後一時）の刻限、小籐次は日吉権現山王裏に北村舜藍の屋敷を訪ねた。おりょうの実家である。

北村家は若年寄支配下の御歌学者北村季吟の分家で、季吟が体の弱いこともあって分家の舜藍が幕府の御歌学者の役目を実質的に務めていた。

分家北村家は禄高《ろくだか》百七十五石だが、門弟筋からの付け届けもあって、藁ぶき屋根の門の手入れも行き届いていた。だが、門番はいる様子はない。

門から玄関先まで深山幽谷にでも分け入ったような幽玄な庭の造りで、小籐次は飛び石を伝って玄関前に立った。

「ご免下され」

と声を掛けると奥からおりょうの声が応じて、姿を見せた。

「お迎えに上がりました」

「赤目様、父母がご挨拶申し上げたいと申しております」

と言いながら、小籐次のなりを見た。

「ようお似合いにございます」

「久慈屋様がそれがしのために誂えて下された。なにやら急にえらくなったようで、全身がこそばゆうござる」

と苦笑いした顔を引き締めた小籐次は、

「それがし、おりょう様の父御や母御にお目にかかる身分ではございませぬ。玄関先で失礼を願えませぬかな」

とおりょうに願った。

「赤目様は今や天下一の武芸者にございます。御三家水戸様をはじめ、大名大身旗本諸家にお出入りのお方、御歌学者の分家などなにほどのことがございましょう。父も母も、日頃から私が赤目様のご親切を受けていることを承知しております。お礼を申し述べる機会を失しておると悔やんでおりましたところ、是非会って下さいませ」

と願われた小籐次は、

「思いがけないことになった。お目通りしてよいのかのう」

とまだ迷った。

「久慈屋様が紋服をご用意下されたのも、かようなことを考えてのことにございましょう」

「そうか、久慈屋ではかようなことも考えておられたか。かくなる上は」

と小籐次も覚悟を決めた。

御歌学者の家系、拝領屋敷はそう広いものではなかった。だが、狭い庭を幽玄な趣に装うて、凛《りん》とした閑静な気が屋敷全体に漂っていた。

庵風の座敷に北村舜藍とお紅《こう》は待っていた。

縁側に座した小籐次を傍らからおりょうが、

「父上、母上、赤目小籐次様にございます」

と紹介した。

舜藍、お紅は、おりょうを遅くに授かったと見え、小籐次より七、八歳は上と思える年格好であった。

瞬藍は白髪《しらが》頭を茶人風の髷に結い上げ、慈眼が印象的な老人だった。

お紅の顔立ちはおりょうそっくりの細面で、穏やかな表情を見せていた。

「赤目どの、日頃からおりょうが世話になっておるそうな。一度お目通りしてご挨拶をと思うておったが、本日ようやく天下無双の酔いどれ様のお顔を見ることができた」

舜藍は磊落《らいらく》に話しかけた。

「赤目小籐次にございます。顔と申してもご覧のようなもくず蟹にそっくり、なんとも不細工面にございます」

「ほっほっほ、面白いご仁にございますな、酔いどれ様は」

「お紅、このお方がお独りで大名四家を向こうに回して主君久留島通嘉様の恥辱を晴らされた勇者。天下広しといえども、今や赤目小籐次様に敵《かな》う者はないそうな」

北村舜藍は巷《ちまた》の噂で知ったか、詳しかった。

「また先に本家の無理難題を赤目様が解決なされて、おりょうの身を高家《こうけ》肝煎《きもいり》畠山頼近様から救い出して頂き、これまでお礼を申し上げる機会を失しておりました」

と詫びた。

この一件、高家肝煎の畠山家の当主頼近がおりょうに懸想して、強引にも妖術を使って勾《かど》引《わか》した事件であった。

「何ほどのことがございましょう」

おりょうにとっても不愉快な話、話柄を変えた。

「父上、此度のお礼は宜しいのでございますか」

「おう、そうじゃ。赤目どのを目の前にしてつい失念してしもうた」

と自らの迂闊を悔いた舜藍が、

「赤目どの、おりょうの独り立ちにはいささか過ぎた御寮を、久慈屋の口利きで紹介して下されたとか。赤目どののお人柄を見込んで忌憚《きたん》なく申し上げる。ご覧のとおり、わが北村家は本家の御歌学者を助ける家柄ゆえ、少禄にござれば、此度の申し出に用意できるのは知れた金子にございます」

舜藍は、おりょうが長年、水野家の奉公で蓄財した金子と北村家が嫁入り仕度にと貯めたお金を合わせても百八十両しかないと小籐次に伝えた。

「おりょうに聞くに、須崎村の御寮はなかなかの景観に建つ、凝った屋敷とか。かような金額では半分にも届くまい」

小籐次は舜藍の正直な言葉と、娘おりょうを思う親心に感じ入った。

「北村様、それがしとて久慈屋の世話になるしがない研ぎ屋稼業にござれば、おりょう様に相応《ふさわ》しい住まいなど用意できるものではございませぬ。ですが、久慈屋が……」

と小籐次は久慈屋での会話を正直に披露した。

「なんとまあ」

とおりょうが絶句した。

「おりょう様、久慈屋昌右衛門様からの言伝《ことづて》にございます。須崎村の御寮は久慈屋が北村おりょう様の女流歌人の誕生祝いに用意したもの。心おきなく使うて下され、とのことにございましたぞ」

「おりょう、そなたはなんという幸せ者か」

「父上、久慈屋様のお言伝、いささか違うておりましょう」

とおりょうが父に応じた。

「ほう、違うとは」

御歌学者が娘を見た。

「久慈屋様はあの須崎村の御寮を、赤目小籐次様の純情と忠義に贈られたものにございましょう」

「赤目様の純情と忠義は、山よりも高く海よりも深かろう。このお方に何千石を積まれる大名方は数知れまい」

舜藍は娘の言った純情と忠義をそう理解した。

「久慈屋様が赤目様に探し求められた須崎の御寮、おりょうが使わせてもらいます」

「おりょう、使わせてもらうなどと気安く言うてよいのか」

「父上、母上、あの須崎村の佇まいを見て断りきれる人間がございましょうか。おりょうは赤目小籐次様の邪心なきお気持ちを素直にお受け致します。宜しゅうございますね」

しばし舜藍が黙考した。

「そなたは幼い頃より自らの意志を押し通す娘であった。そのおりょうが決めたこと、われら親でもどうにもなるまい」

舜藍の言葉を聞いたおりょうは小籐次に向き直り、頭を下げた。

「おりょう様、頭を上げて下され。いよいよもってもくず蟹、行き場がのうござるでな」

小籐次の返答にお紅がまた、

ほっほっほ
と笑い、願った。

「赤目様を殺しに来た者の子を養うておられるそうな。近々このお紅に引き合わせて下され」

「駿太郎にございますな。いと容易《たやす》きことにございます。されど裏長屋育ちゆえ、いささか手に余るかもしれませぬ」

「おりょうの幼い日に比べれば、どのようなやんちゃ者も愛らしいものですよ」

と答えたお紅が、ほっほっほ、とさらに笑った。


小籐次は駕籠に乗ったおりょうに従い、日吉山王権現裏から芝口橋久慈屋に向かった。

芝口橋に近づいたとき、駕籠の中から念を押すおりょうの声がした。

「赤目様、わが家が用意した百八十両、久慈屋様は受け取って下さらないのでは」

「昌右衛門様が申されるには、歌人として出立なさるおりょう様にはこれからが物入り、もし貯えがあれば今後の費《つい》えにあてて下さいとのことでした」

「私は、赤目様と久慈屋様には足を向けられませんね」

なんのことがございましょう、と応じた小籐次が、

「おりょう様、舜藍様とお紅様が貯えられた金子はおりょう様の嫁入りのためのもの、その時まで取っておいて下され」

駕籠の中からしばし言葉は返ってこなかった。

東海道の雑踏の向こうに久慈屋の店が見えてきた。

「私には、もはや嫁入り仕度の金子など要りませぬ。そうではございませぬか、赤目様」

おりょうの言葉が耳に響いて、乗物は東海道を横切った。

三

五つ半の刻限、小籐次は、野分の痕跡がすっかり消えた新銭屋町の路地へと入っていった。

愛宕権現社の門前から増上寺の北側を通って流れくる細流は、いつもの静かなせせらぎを響かせていた。

小籐次は、普段着の腰に次直を落とし込み、新兵衛長屋からさほど遠くない新銭座町に着いたところだ。

野分の夜に観世流の笛方一箏理三郎が愛妾おすぎの家で殺された事件の探索が大詰めを迎えたのであろう。

長い一日が終わろうとしていた。

小籐次は長屋に戻るとまず駿太郎を迎えにお麻の家に行こうと考えた。

その時、秀次親分の若い手先が戸口に立ったのだ。

この日、小籐次はおりょうに従って久慈屋を訪問した。

久慈屋ではおりょうを奥座敷に請じ入れ、歓迎してくれた。むろん小籐次も同席し、昌右衛門、内儀の主夫婦に娘おやえの主一家、それに大番頭の観右衛門と浩介が店を行ったり来たりしながら話に加わった。

北村おりょうが久慈屋を正式に訪問したのは初めてのことだ。それだけに久慈屋ではおりょうに多大な関心を寄せていた。

おりょうは客間に入ると、座に着く前に隣の仏間に入る許しを昌右衛門に得て、仏壇の前に座った。おりょうが久慈屋の先祖に線香を手向《たむ》けて手を合わせた瞬間、昌右衛門らは、その人柄にすっかり魅了されていた。

「久慈屋様、北村おりょうにございます」

客間に移り、勧められた座布団を傍らにどかして畳の上に座したおりょうは、両手を突いて昌右衛門らに挨拶した。

さすがは大身旗本水野家の下屋敷を守ってきた奥女中だ。優雅な一挙一動に隙がなく、心地よい間と律動があった。おりょうの五体から滲《にじ》み出る高貴な美しさと才気に間近で接した昌右衛門らは、静かな中にも威厳を感じさえした。

「久慈屋昌右衛門にございます。よう参られました」

「此度は一方ならぬご面倒を頂き、北村おりょう、感謝の言葉もございませぬ。本日は須崎村の御寮についてお願いに上がりました」

と挨拶するおりょうに、

「おりょう様、皆まで申されますな。この一件、なんの気兼ねも要りません。赤目様から過分に頂戴しておりますでな」

昌右衛門が鷹揚に笑った。それでも小籐次が付け加えた。

「昌右衛門様、北村家では此度のために百八十両を用意なさっておられます」

「百八十両、大変な金子にございますな」

小籐次の言葉を昌右衛門が受けて、

「その貯えは、今後おりょう様が歌壇の一角に北村派を立ち上げられるときのための費えとなされませ。最前も申しましたが、うちと赤目様は家族以上の付き合いにございましてな。お互いに持ちつ持たれつの交わりを重ねて参りました。赤目様の、いえ、おりょう様のために須崎村の御寮をうちが用意するのは容易いことにございましてな。赤目様の助勢をこれからも頂戴することを考えれば、ささやかな投資にございますよ」

と昌右衛門が破顔し、傍らの観右衛門が大きく頷いたものだ。

「北村おりょう、幸せ者にございます」

おりょうが小籐次をちらりと見て、万感の想いを一語に込めて答えた。

「赤目様、おりょう様、もはやこの一件、話は済みましてございます。うちではな、おりょう様が見えられるのを楽しみに、昼餉の仕度をしてございます。ご一緒して頂けませぬか」

と言う観右衛門の声に、八百膳の料理人が久慈屋に出張って調理した馳走の数々が運ばれてきた。

「なんと、このような馳走は見たこともござらぬ」

と小籐次が思わず吐露したのへ、

「いえ、赤目様には一つだけ不足にございましょうな」

と観右衛門が言い出して、棒で担いだ四斗樽を男衆二人が客間に運び入れて、鏡板が割られた。

「酔いどれ小籐次様の満足頂ける大杯とてございませんがな。本日はおりょう様を迎えての昼餉、五合、七合、一升入りの三つ重ねの朱杯を用意致しました。お好きな杯で存分に楽しんで下され」

昌右衛門が小籐次に笑いかけ、おやえが三方に載せた漆塗りの渋い朱色の三つ重ねを運んできた。

「昌右衛門様、あれこれとお気遣い痛み入ります。本日はいかにもおりょう様の供がそれがしの務めにござれば、小さな杯で願います」

と小籐次が願った。

「ならば一杯目は私がお注ぎしましょうかな」

と主の昌右衛門が四斗樽ににじり寄ろうとしたとき、

「久慈屋様、そのお役目、私にお譲り願えませぬか」

とおりょうが御膳の前から昌右衛門の傍らに寄った。

その姿には、赤目小籐次を純粋に信頼し、感謝しているおりょうの気持ちが滲み出ていた。

「おりょう様、どうです。私が注ぎますで、おりょう様が赤目様にお渡し下さいませぬか」

「久慈屋様と二人で力を合わせますか。それはよい考えにございます」

おりょうが両手に捧げ持つ五合の漆塗り朱杯に昌右衛門が灘《なだ》の下り酒を七分目に注ぎ、おりょうが小籐次の前に向きを変えると、

「赤目小籐次様、久慈屋様とおりょうの酌、お受け下さいませ」

と差し出した。

「頂戴致します」

小籐次がおりょうの手から朱杯を悠然と受けて、眼前のおりょうと一座の人々に会釈し、静かに口を寄せた。そして、小籐次としては珍しくも、五合入りの杯に注がれた酒を三度に分けてゆっくりと飲み干した。

朱杯を下ろした小籐次が、

「赤目小籐次、数多くの酒席に接して参りましたが、かくも美味なる甘露を味わったことはございませぬ。ご一同様にお礼を申し上げます」

と深々と頭を下げた。

「ささっ、おりょう様もお席にお戻り下され」

と主の言葉に座に戻ったおりょうが思わず、

「私はなんと幸せ者にございましょう」

と最前呟いた言葉を今一度繰り返した。その響きにはしみじみとした想いが込められており、聞く人の心を打った。

「おりょう様、お尋ねしてようございますか」

と宴が和やかに進み始めたとき、おやえが遠慮深げに口を挟んだ。

「なんでございましょう、おやえ様」

「先日の市村座でもおりょう様と赤目様が並んでお座りの姿に、赤目様がなんとも幸せそうなお顔をしておられるのを拝見致しました。本日わが家にお二人をお迎えして、そのことを一層強く感じました。おやえは、おりょう様を慕われる赤目様の無垢《むく》なお気持ちを羨ましく思います」

「これ、おやえ」

と昌右衛門が慌てた。

「久慈屋様、お構い下さいませぬように。おやえ様のお言葉に、このおりょうはどれほど勇気づけられたことか。私の胸の想いも一緒にございます」

おりょうが言い切った。

「驚きました」

「いえ、旦那様、驚くには及びませんぞ」

「番頭さん、いかにもさようでしたな」

主従であり、親類筋でもある昌右衛門と観右衛門が言い合った。

「おやえ様、私の答えでは足りませぬか」

「いえ、おりょう様のお心持ち十分に、やえに伝わりましてございます」

おやえが小籐次を見た。

「赤目様、おりょう様の言葉をどうお聞きなされましたか」

「おやえどの、それがし、なにやら最前から天上界にあるようで、身も心もふわふわと浮いており申す。身の周りでなにが起こっているのやら見当がつきかねます」

小籐次の言葉に一座から笑い声が上がった。

宴《うたげ》は和やかにも夕暮れ前まで続いた。

久慈屋を辞したおりょうを、小籐次は再び日吉山王権現社裏の北村邸まで送っていった。おりょうは久慈屋での首尾を両親に報告するため水野邸には戻らず、実家に立ち寄ろうとしたのだ。

日吉権現の境内近くにきたとき、乗物を止めたおりょうが、

「今宵は実家に泊まります。これより徒歩で戻ります」

と水野家の差し回しの乗物の陸尺《ろくしゃく》らに礼を述べ、水野邸へと戻らせた。二人になったとき、おりょうが、

「赤目様、日吉権現にお参りしていきませぬか」

と誘った。

二人は手水舎《ちょうずや》で口と手を清め、拝殿へと進んだ。

薄い宵闇が境内を覆っていた。

「赤目小籐次様、祭神大山咋神《おおやまくいのかみ》様の御前で心を偽ることはできませぬ。私が洩らす片言一句、私の正直な気持ちにございます」

おりょうはなにを言わんというのか、小籐次は黙って聞いているしか術はなかった。

「北村おりょう、向後、歌作一筋に専心致します」

とおりょうは祭神大山咋神に宣言した。

「よう申された」

ふうっ
とおりょうが息を吐いた。

「今一つ申し上げます。北村おりょう、生涯の伴侶《はんりょ》として赤目小籐次様を選びました。大山咋神様、お聞き届け下さいませ」

おりょうは、一気に言葉を吐き出した。

虚を衝かれた小籐次は直ぐに返す言葉が見つからなかった。

「赤目様、このおりょうの想い、受け止めて下さいますね」

とおりょうが小籐次を見た。

傍らに立つおりょうの身の震えが空気を揺らして、小籐次に伝わってきた。

小籐次は黙っておりょうの手を握り締めた。すると震えと温もりがじーんと伝わってきた。

「わが背」

「おりょう様」

「どのような時が訪れようとも、私ども二人は一心同体、夫婦にございます」

とおりょうが静かに言い切った。


「赤目様」

とせせらぎの中に秀次親分の密やかな声が響いた。

一筝理三郎がおすぎを囲った妾宅とは、細流を挟んで反対側の武家地からだ。ちょうどおすぎの家の前に中川御番上田寅之助の屋敷があったが、この門の暗がりから声が聞こえた。

小籐次は、おりょうの面影と追憶を断ち切って流れを飛んだ。

「お忙しいとは存じましたが、この一件、赤目様と関わりがございますし、お呼び立てしました」

と秀次は言うと、こちらへ、と上田家の閉じられた表門の傍らの通用口の戸を押して中へ誘った。

五千石の大身旗本上田家は両番所付きの門構え、敷地千八百坪余の堂々たる拝領屋敷だ。

その両番所の左右には家来衆が住むお長屋が並んでいた。

秀次が小籐次を誘ったのはそのお長屋の一軒だ。

中には銀太郎ら秀次の手先がいて、お長屋の壁に切り込まれた格子窓越しに妾宅を見張っていた。

「下手人の目星がつかれたか」

「遠回りいたしましたが、ようやく目星がつきましたんで」

と答えた秀次が煙草盆を引き寄せた。お長屋には火鉢があり、鉄瓶にしゅんしゅんと湯が沸いていた。

「こんなところだ、酒の仕度はございませぬ」

「本日は十分に頂いた。親分、白湯《さゆ》を頂戴してよいか」

「渋茶ならございます。淹れましょうか」

「いや、白湯でよい」

小籐次は火鉢の傍らにあった茶道具から茶碗をとって鉄瓶の湯を注いだ。

「上田家は、うまいことにうちの旦那の近藤清兵衛様のお出入り先にございましてね。旦那に願って、このお長屋を見張り所に借り受けたのでございますよ」

と秀次が説明すると煙草を一服吸った。

小籐次も白湯を啜《すす》り、上気した気分を鎮めた。

「一等理三郎様は女出入りの激しい方でございました。そこでわっしらは、女狂いの果てに、あのような始末になったのではないかと考えましたんで」

「お内儀も苦労なさったようじゃな。おすぎを囲ったら一等どのの遊びが止まり、お内儀は喜ばれておられたそうじゃが」

「一等様の女狂いが止まったのは、おすぎを囲った当初だけですよ」

と苦笑いした秀次が、

「おすぎを囲った後、一等様の関心は、愛宕権現の巫女お濱に移っておりましてね。わっしらはまずこの辺りから手を着けたんで。お濱の親父の甚五郎は今里村の小作人で、銭の余裕もないくせに酒、博打《ばくち》が好きでしてね、家族に迷惑のかけどおしなんでございますよ。こやつの周りには小悪党もいて、唆《そそのか》されたか、一筝が娘に手をつけたのをいいことに、嫁入り前の娘に手をつけてどうしてくれるってんで、脅しをかけて一等様から五、六両をふんだくったらしい。ところが娘と一等様の関わりはその後も続いたため、甚五郎は時々目つぶり料を貰って満足してやがるってなわけで、この線は消えた」

「親分、芝神明の境内を仕切る香具師、代貸の森の威三郎と一等どのは揉めておったそうだな」

「さすがは赤目様、わっしら以上にご存じだ」

「なあに、どこぞで小耳に挟んでな」

「新肴町に老舗《しにせ》の算盤《そろばん》屋がございましてね、ここの旦那が、この界隈の宇田川町に茶屋女を囲っているのでございますよ。その女を巡って、旦那はそっちのけで森の威三郎と一等様が揉めたらしい。このことが旦那の耳に入り、旦那が森の威三郎の親分に仲裁を求めたものだから、親分の前に呼ばれた二人は、他人の持ち物に手をつける奴があるかと、こっぴどく叱られて、この一件も一等様殺しとは関わりがないことが分かりました」

「弱ったな」

「へえ、殺された人間のことを悪く言うようだが、一等様の女好きは手あたり次第、見境がねえ。そんな中に下手人が潜んでいるんじゃねえかと。わっしらは野分後の泥田のような江戸の町を走り回って、虱潰《しらみつぶ》しにあたったんだが、これという手がかりがねえ」

一服しただけの秀次の煙管の煙草は消えていた。それを煙草盆の灰皿に落とした秀次は、新しい刻みを火口《ほくち》に詰めた。

「赤目様、おすぎに男がいたんですよ」

「ほう」

「元西国の大名家で御小姓を務めていたという、にやけた若侍でしてね。おすぎが一等様に囲われる以前からの付き合いらしゅうございます。一等様を旦那にしたのも、纏まった金子を引き出す算段が二人にあってのことでしてね、あれこれと理由をつけてはおすぎめ、月々のお手当の他に無心をしていたらしいや。一等様のお内儀は、一等様が懐の温かい門弟衆からだいぶ借金をしていたことを渋々認めております」

「大人しそうな顔をして、おすぎ、やりおるな」

「赤目様、女は怖うございますよ。気を付けて下さいな」

「親分、そちらの心配はござらぬ。ご安心あれ」

小籐次の返答に笑った秀次が、

「どうやら一等様が、おすぎの男の存在に気付いたらしいんで」

「それで揉めたか」

「ここからは推量ですがね。野分がきた夜に一等様は、この一件で話し合うことをおすぎに命じていたらしゅうございます。それで激しい風雨にも拘《かか》わらず一等様は妾宅に出かけていった。ところが、おすぎは町内の連中の誘いに都合よく乗って、神明社に避難した。その後、一等様が姿を現したんじゃないかと思います。ところが、おすぎはいない。厠を使ってさてどうしようと出てきたところを、おすぎの隠し男、仙道右近って野郎が千枚通しを手に待ち受けていたってわけですよ。仙道は通りすがりの物盗りを偽装するため、雨具、履物から懐中物まで持ち去った」

「ほう、よう調べられたな」

「なあに、あの夜、田端村に戻っていたおつねって小女が、おすぎに隠し男があることを知っていましてね。おつねの証言で仙道右近に辿りついたんで」

「それは運がよかったな。だが、今一つ、謎が残る」

「置き引きの伴蔵ですな」

「仙道右近は上野広小路界隈の安旅籠を転々として泊まり歩いているんだが、伴蔵と一緒のところをその界隈で何度か見かけられております。おすぎと仙道をとっ捕まえれば、伴蔵の役目も、ついでにどうして殺されたかも分かりましょう」

「仙道右近は今宵、おすぎのところに忍んでくるのだな」

「おつねは仙道右近とおすぎのつなぎを果たしていたんで、こいつを利用して、おつねに仙道右近宛ての文を届けさせましたんでさあ」

「細工は流々仕上げを御覧《ごろう》じろってわけでござるか、親分」

「一つだけ問題がございましてね」

「なんだな」

「仙道右近は、林崎夢想流の居合の達人だそうな。この技で世間を渡ってきた野郎でさ。広小路界隈では、掛け取りの番頭と手代が居合と思える技で殺された事件が、三月ほど前に起こってましてね。下手人はまだ捕まっておりません。わっしらは、この仙道右近がそっちの殺しにも関わっていると見ておりますので」

「親分、仙道右近は右利きじゃな」

「旅籠の番頭の話によると、右が本来の利き腕ですが、左もほぼ同じくらいに使いこなせるそうです。この仙道の作ったこよりを見せて貰いましたがね。実に器用で、なんとも美しいこよりでしたよ」

小籐次は、仙道右近がなぜ凶器に千枚通しを使ったのか、考えていた。

四

夜が深々と更けていった。

中川御番上田家のお長屋は大半が明かりを消して眠りに就いていたが、一部屋だけ有明行灯が灯り、火鉢にかけられた鉄瓶がしゅんしゅんと音を立てていた。

増上寺切通しの鐘撞き堂から九つ（夜十二時）の時鐘が響いてきた。

秀次が煙管を弄《もてあそ》びながら瞑目《めいもく》していたが、

「ひっかからねえか」

と呟いた。そして、

「赤目様、あの家の床下に手先の乙次を入り込ませているんですがね。一晩じゅう震えて終わりかねえ」

「いや、親分の手配りに間違いはなかろう。妖しげな輩が姿を見せるにはまだ刻限も早うござる」

「そうでございましょうかね」

また沈黙の時が流れていく。

小籐次はおりょうが日吉山王権現社の境内で呟いた言葉を蘇らせた。

「赤目様、私だけが須崎村に住まうてよいものでしょうか」

「うむ」

と傍らのおりょうを見た。

「私の御寮であって、私のものではございません。赤目様のご厚意による住まいにございます。できますれば、駿太郎様をお連れになって引っ越してこられませぬか」

小籐次はおりょうの申し出をとくと熟慮し、口を開いた。

「おりょう様、お気持ちは有難く頂戴しました。じゃが、北村おりょう様はこれから江戸歌壇に打って出るお方。鎌倉の歌会でも見ましたが、あの世界の宗匠は男ばかり、そこへ新たにおりょう様が名乗りを上げられるのです。これまでのように温かい眼差しで迎えてくれる仲間ばかりではありますまい。あらゆる中傷、誹謗、嫉妬が待ち受けていると考えたほうがよい。おりょう様、そんな最中、子連れの爺侍が同居したのでは、あらぬ噂も立つ」

「かまいませぬ」

「いや、それはなりませぬ。御歌学者の北村家の名にも関わる話にござる。おりょう様にとってそのような男衆の眼差しは邪魔にこそなれ、決して益にはならぬ。おりょう様が独り住まわれ、歌壇の一角に歌人北村おりょうありと旗印を高々と掲げられ、一派を確立なさるまで、それがしと駿太郎は、時折りひっそりとご機嫌伺いに出向くのがよかろう」

おりょうが小籐次の手を握り返し、

「それではおりょうの気持ちに叶いませぬ。なんとも寂しゅうございます」

と呟いた。

「おりょう様、それがしには御鑓拝借以来、怨みを持つ輩が数多《あまた》ござる。夜中にかような連中が斬り込んでこないとも限りませぬ。それがしと駿太郎は、新兵衛長屋に住まいしながら研ぎ仕事に精を出し、時に大川を小舟で漕ぎ上がって御寮を訪ねます」

「赤目様、重ね重ねの配慮、痛み入ります」

「おりょう様、それより」

と拝殿の前で小籐次は声を張り上げた。

「どうなされました」

「名無しの御寮では、なにやらおりょう様の住まいではないような気が致します。名をつけてもらえませぬか」

「そういえば御寮には名がございませんでしたね」

とおりょうがしばし暗闇で思案していたが、

「望外川荘《ぼうがいせん》」

と呟いたものだ。

「おりょうにとって望外のお屋敷にございます。川《せん》は浅草川をさします。あの敷地と建屋を荘とはいささか不釣り合いにございますが、そこがまた妙味、おりょうの隠れ家らしゅうございませんか」

「望外川荘か。おりょう様、よい命名かな」

と小籐次が口の中で呟いた。

「親分、野郎、現れましたぜ」

と銀太郎が密やかな声で告げた。

「飛んで火にいる夏の虫と言いてえが、季節は秋、有象無象には年貢を納めてもらおうか」

と秀次が吐き捨て、一同は無言の中で捕り物仕度にかかった。

秀次親分を筆頭に手先が三人、床下に乙次が潜んでいて、それに小籐次を加えて六人だ。

一方、相手は仙道右近とおすぎだけだ。まず十分の手配りと思えた。そのとき、

「親分、まずいぜ」

と銀太郎が焦った声を上げた。

「仙道の仲間かねえ、腕の立ちそうな連中が四、五人入っていきやがったぜ」

「仙道め、警戒してやがるか」

秀次が小籐次を見た。

「親分、この機を逃してはなるまい」

「へえ。お願い申します」

小籐次は頷くと茶碗に残っていた白湯を口に含み、次直の柄を湿らせて立ち上がった。

秀次と小籐次が格子戸の玄関前に忍び寄ったとき、中から仙道らしき喚《わめ》き声が響いた。

「なにっ、おまえは、つねを使いに寄越さなかったって」

「いいじゃないか、そんなこと。野分以来、お調べだなんだってむしゃくしゃしてたんだよ。

今晩はわあっと、騒いで夜明け前に姿を消しなよ」

おすぎの蓮《はす》っ葉《ぱ》な返答に仙道が、

「おすぎ、考えてもみろ。こいつは岡っ引きがよく使う騙《だま》しの手だぜ。われらはこのまま引き上げる」

「待っておくれよ。ならば私も連れてってよ」

「おすぎ、聞き分けがなさ過ぎるぜ。置き引きの伴蔵に強請《ゆす》られるような羽目に陥ったのも、おめえがぺらぺら喋るからだ」

「おまえさんが始末したからいいじゃないか」

「おめえが下谷広小路界隈で懐に千枚通しを呑んで、伴蔵と掏摸《すり》、かっぱらいの悪さをやっていた頃とは違う。此度の一件、観世流笛方の一箏理三郎を始末してくれと、千枚通しのおめえの手に乗ったのがそもそもの間違いだ。ついでに伴蔵を同じ手で地獄に送ることになるとは思いもしなかったぜ」

「済んだことは言いっこなしだよ。一箏の旦那に思ったほど金がなかったのが、けちの付き始めだよ。それに一箏理三郎は、あたしに男がいることに気付いていたよ。おつねに小遣いなんぞをやって、あれこれと問い質《ただ》したらしいからね」

「いよいよ危ないぜ」

「なら、おつねも始末しなよ」

「てめえって女は……。われらは戻る。これ以上危ない橋は渡れぬ」

「臆病者。帰りたきゃ帰りな」

とおすぎが喚いたとき、どすんどすんと廊下が鳴る音がして、玄関に刀を提げた不逞《ふてい》の浪人らが姿を見せた。

その前に秀次と小籐次が立った。

「何奴だ」

「ご用聞きに向かって何奴もねえもんだ。仙道右近とその一味、大人しく縛につきねえ。さすればお上に慈悲がねえわけじゃねえ」

と秀次が十手を構えた。

ちぇっ
と舌打ちがして、仲間を割って細身の若衆姿の仙道右近が前に出てきた。

「なんだか、嫌な感じがしていたのだ。おすぎの軽口を封じようとこの家に来たのが間違いだったぜ」

「どうするね、仙道様よ」

と仲間が刀の柄に手をかけて仙道右近に訊いた。

「こやつらを始末して江戸をおさらばするしかあるまい」

「おすぎはどうする」

「此度の間違いはおすぎの軽口だ。おれの知ったことか」

と右近が嘯《うそぶ》いたとき、銀太郎らが裏口から屋内に突入したらしく、

「御用だ」

と言う声と、

「なんだい、おまえら」

と応ずるおすぎの声が絡んで、逃げ出そうとするおすぎを押し倒したような物音がした。

「もう一刻の猶予もない」

仙道の声に仲間の面々が刀を抜き連れた。

「お任せしますぜ」

と秀次が小籐次に場を譲った。

「だれだ、てめえは」

仙道が矮軀《わいく》の小籐次を甘く見たか、尋ねた。

「仙道右近、おめえも運が尽きた。このお方の御鑓拝借、小金井橋十三人斬りの武名を聞いたことはねえか」

と小籐次に代わって秀次が応じた。

「なにっ、酔いどれ小籐次か」

「おめえが千枚通しを使って殺した一箏理三郎の亡骸をおすぎと一緒に見付けなさったのはこの赤目小籐次様よ。おすぎが飼い猫を忘れてきたなんぞ、小ざかしい知恵を出して、わざわざ避難した神明社から家に戻り、一箏理三郎が殺されたかどうか確かめに来たのが間違いの始まりだ。そんとき、赤目様と神明社の神官さん方が同道なされたのよ」

「あの馬鹿、口が軽いくせに肝心なことを話さねえ。おすぎめ、どういうことだ」

仙道の罵《ののし》り声に仲間の一人が気配もなく小籐次に迫ると、八双から首筋に豪剣を叩きつけてきた。

小籐次は殺気から逃れなかった。

反対に刃の下に小柄な身を入れて、次直を一気に引き回した。引き抜かれた刃渡り二尺一寸三分が光になって相手の胴に吸い込まれ、右から左に抜けた。

ぎええっ
と絶叫を残した相手が前のめりに突っ伏した。

「来島水軍流流れ胴斬り」

小籐次の口からこの言葉が洩れて、足元で倒された相手がぴくぴくと痙攣《けいれん》し、ことりと動かなくなった。

「おのれ、爺め」

仙道右近が腰を沈めて、居合の構えを見せた。

「ここでは林崎夢想流の技、存分に使えまい。路地に出ぬか」

と小籐次が仙道を誘い、秀次がまず路地に出た。続いて後ろ下がりに小籐次が門を出て、路地の右手に位置をとった。秀次親分が左手を押さえたのを見てのことだ。

常夜灯が路地をおぼろに照らしていた。

仙道右近が慎重な動きで門の敷居を跨《また》ぎ、左右に分かれた秀次と小籐次を見た。その表情に一瞬迷いが走った、と小籐次は思った。

秀次に斬りかかり、脇にどかしておいて路地奥に逃げようという算段だろう。

「そのような考え、止めておけ」

「なに」

と仙道が小籐次に視線を戻した。

「秀次親分は、江戸でも名代の親分だ。そなたが抜き打ちをかけても外すくらいの身の軽さはお持ちだ。その背をそれがしの次直が襲う。地獄に行くのに向こう傷がいいか、背に負うた傷で閻魔《えんま》様の前に立つか、決めよ」

た。

「吐《ぬ》かしたな」

仙道右近がずいっと小籐次の前に姿を見せた。そして、仲間四人が狭い門口に犇《ひし》めいてい

仙道右近と小籐次の間合いは半間とない。

「林崎夢想流、受けてみよ」

「拝見しよう」

「酔いどれ、来島水軍流とは田舎剣法か」

「亡き父に伝授された戦場往来の剣技よ」

「時代は巡ったわ」

「古びたと申すか」

「いかにも」

仙道右近は体《たい》を開いて腰を沈めた。

右の拳がだらりと垂れて、左手が鞘と鍔《つば》を触った。

両眼が細められ、呼吸を鎮めた。

小籐次は次直を正眼《せいがん》に置いた。

眠るような仙道の両眼に鈍い光が宿った。

つつつつ
と仙道が小籐次に向かって間合いを詰め、右の拳が躍って柄に手がかかった。

小籐次は正眼の次直を横に寝かせた。

常夜灯の明かりが刃文《はもん》を光らせた。

仙道の剣が抜き上げられて小籐次の不動の胴へ襲いきた。

同時に、傾けられた次直の切っ先が、波間を飛翔する飛び魚のように銀鱗を煌めかせ、踏み込んでくる仙道の喉元に閃《ひらめ》いた。

うっ
と呻《うめ》いた仙道右近が喉元を斬り破られつつ、横手に吹っ飛んで疎水に転がり落ちた。

「来島水軍流　漣《さざなみ》」

小籐次の呟きに、残った仲間が慄然《りつぜん》と立ち竦んだ。

「抵抗致す者は斬る」

小籐次の言葉を聞いた仙道の仲間の前後を挟み込むように秀次と銀太郎らが迫り、四人は抜き身を捨てた。

小籐次は胸苦しくて飛び起きた。

（ここはどこか）

天井裏の染みに馴染みがあった。

新兵衛長屋か。

この胸の重さはなんだ、と思ったとき、

にゅう

と無精髭の伸びた小籐次の顔の前に駿太郎の顔が現れた。

「じいじい、ふらふら」

「駿太郎、そなたの爺々は世のため人のために日夜走り回っておるのだぞ。それをなんだ、ふらふらとは」

「じいじい、ふらふら」

と小籐次が駿太郎を抱き寄せようとしたとき、駿太郎の顔が消えた。

小籐次は夜具を剝ぐと床に起き上がった。すると小籐次の太股あたりに跨《また》がった駿太郎の顔の向こうに、お夕が立っていた。

「駿ちゃんがじいじいと言うものだから、長屋を見に来たら、ほんとうに赤目様が寝ておられるじゃない。驚いたわ」

「秀次親分の手伝いでな、明け方前に大番屋から長屋に戻って参ったのだ。やはり九尺二間でもわが家はよいわ。精も根も尽き果てて眠り込んでおった」

「赤目様、悪い奴らが襲ってきたらどうするの」

「確かに油断じゃな。じゃが、現れたのは駿太郎とお夕ちゃん。助かったぞ」

「じいじい、またね」

と駿太郎は夜具の上から下りると、とっとっと、と駆けてお夕の胸に飛び込んだ。

「なに、そなたは爺よりお夕ちゃんがよいか。このところ一緒にいてやる暇もないでな。疎んじられても致し方ないか」

と言いながら寝床を離れ、夜具を丸めて部屋の隅に転がし、
ふあっ
と伸びをしながら、黒文字《くろもじ》を口に咥《くわ》え、手拭いをぶら下げて長屋を出た。

すでに秋の日は中天近くにあった。

「もはや四つ（午前十時）過ぎかのう」

と井戸端に行くと漬物の樽がいくつも伏せてあった。おきみら女衆が共同で青菜でも漬けるのだろう、せっせと洗っていた。

「旦那、四つ過ぎどころじゃねえぜ。おれなんぞは朝から小便を三度はしたな」

と勝五郎が寝巻の裾を捲ったまま厠から姿を見せた。

「おまえさん、言うに事欠いてなんだい。汚いものを仕舞いなよ」

とおきみが文句をつけた。

「そんな刻限か」

「酔いどれの旦那、しっかりしねえな。ここんところふらふらしてばかりで、仕事なんぞまともにしてねえじゃないか。駿ちゃんは本気で新兵衛さんちの孫になるぜ」

「それだ、なんとかせぬと釜の蓋が開かぬな」

「おれの台詞《せりふ》をとるねえ。ともかくよ、なんぞネタはねえか。うちの米櫃がからからと鳴いてやがるぜ」

勝五郎が空き樽に腰を下ろし、寝巻の腰帯に差した煙草入れを手にした。

「そんなとこに座って、小便臭くなるよ」

と喚くおきみに、

「うるせえな。今大事な話をしてんだよ」

と勝五郎が亭主の威厳で黙らせた。

「それは困ったな」

「ああ、困った」

「それがしが未明に戻った理由を問わぬのか」

勝五郎が目玉をぎょろつかせて小籐次を睨んだ。

「な、なにかあったか」

「新銭座町で殺された一箏理三郎と置き引きの伴蔵の下手人が、秀次親分の手で御用になった」

空き樽から勢いよく立ち上がった勝五郎が、

「なんでそんな大事なこと先に言わねえ」

「研ぎ仕事を忘れて、秀次親分の手伝いだ。あまり自慢にもなるまい」

「そ、そんなことはどうでもいいんだよ。だ、だれに聞けばこの話、ネタになるよ」

「まあ、秀次親分だな。空蔵さんに知らせることだ」

「酔いどれの旦那は親分を助けて、下手人ばらを叩っ斬ったか」

「二人だけだがな。今頃、三途《さんず》の川辺りをうろちょろしていよう」

よし、と叫んだ勝五郎は寝巻の腰に煙草入れを戻すと、木戸口から表に飛び出していった。

「おきみさんや、そなたの亭主どのは寝巻のままで花のお江戸を走るつもりかのう」

「あの人のなりなんて、だれも見ちゃいないよ」

とおきみが平然と言い、

「酔いどれ様、読売に派手に載る話だろうね」

と念押しした。

「空蔵さんの筆次第だな」

「よし、その口ぶりなら大仕事間違いなしだ。生卵を二つばかり飲ませて張り切らせるよ」

と嘯くおきみに長屋の女衆が、

「精が付き過ぎてさ、夜中に二人して変な声を上げないでおくれよ」

とからかった。

「よしておくれよ。もうそんな年は過ぎたよ」

「世は事もなしか」

とおきみの傍らで小籐次は呟きながら、研ぎ道具の手入れをしようかと考えた。

第四章　深川の惣名主

一

数日後の朝、小籐次は小舟に駿太郎とお夕を乗せて久しぶりに大川を渡った。江戸湾の上の空は澄みわたり、その日が秋晴れであることを示していた。

お夕が駿太郎の腰帯を摑んで思わず、

「私、舟で海に乗り出すなんて初めて」

とどこか不安そうな顔で言った。

御濱御殿の横手を流れる築地川から海に出て、波を食らったときのことだ。

「お夕ちゃんを海に放り出すようなことは決してせぬでな。舟は小さいが、大船に乗った気でいなされ」

駿太郎を連れて深川界隈の得意先を回ろうとしたら、駿太郎が堀留に見送りにきたお夕の手を摑んで、

「ねえちゃん、いく」

と放さなかった。お夕も川向こうの暮らしが知りたいと願っていたのだろう。

「うづさんに会えるかしら」

と小籐次に訊いた。

「そりゃ、うづどのは蛤河岸に舟を着けて商うのが仕事じゃからのう。お夕ちゃん、駿太郎と行くか」

「お父つぁんが許してくれるかな」

と父親の桂三郎のことを気にした。その傍らから、一等理三郎と置き引きの伴蔵が殺された事件の読売で版元の空蔵から金一封を頂戴した勝五郎が、

「お夕ちゃんに他の暮らしを見せるのは大事なことだぜ」

と鷹揚に言った。

「そうじゃな、桂三郎さんに願うてみるか」

居職《いじょく》の錺り職人の桂三郎はすでに玄関脇の小さな仕事場に入っていた。

小籐次が用件を述べると、

「お夕を深川に連れていかれると申されるので」

としばし考えた桂三郎が、台所で朝餉の後片付けをしていたお麻を呼んで事情を告げた。

「舟って危なくないかしら」

「お麻、船頭は赤目様だぞ。それに駿太郎さんも乗るんだ」

「そうね、日頃からお父つぁんの世話に明け暮れているものね。深川を見るのもお夕のためかもしれないわ」

とお麻も許してくれた。

小籐次の背に隠れるように様子を窺っていたお夕が喜びの声を上げると、駿太郎も奇声を発した。

「赤目様、お弁当を用意しなくていいの」

「お得意様には蕎麦屋さんもあれば太郎吉どのの家もあり、われらの行くのを待っておるでな、その心配はいらぬ」

「ならばお夕を宜しくお願い申します」

「お夕ちゃんをお借りするで夫婦なかよくな、と言いたいところじゃが、新兵衛さんがおられたな。本日は世話を願おう」

「お父つぁんのことは案じないで」

桂三郎とお麻が堀留の河岸まで見送りに来た。

駿太郎が小舟の真ん中に座った。

「お夕、駿ちゃんの面倒を見るのよ」

「おっ母さん、分かってるって」

と親子が別れの言葉を投げ合って江戸湾に出てきたところだ。

横波で揺れていた小舟は小籐次の櫓さばきで収まった。

「どうじゃ、舟から見るお江戸の町もよかろう」

「あら、あんなところに富士山が顔を覗かせているわ」

と鉄砲洲《てっぽうず》の向こうに顔を覗かせた富士山にお夕が目をきらきらさせた。

「ほれ、佃島《つくだじま》の渡しが行くぞ」

小舟は佃島への渡し船とすれ違い、お夕と駿太郎が乗合船に手を振ると、向こうも応じてくれた。

石川島を回り込むようにして大川河口に出て、小舟は川の流れと波のぶつかり合いに揺れたが、もはやお夕は舟に慣れていた。

小籐次の小舟が越中島と深川相川町の間に口を開けた運河に入ると、急に家並みが変わってみえた。

「赤目様、ここが深川」

「いかにもさよう、深川じゃ」

「なんだか芝口新町と違う」

とお夕が呟く。

「どこが違うかのう」

「どこかしら」

改めて訊かれるとお夕は首を傾《かし》げ、

「でも違う」

と言った。

蛤町河岸の舟溜まりに小舟を入れると、駿太郎がうづの野菜舟に向かって、うづねえちゃんと手を振った。お夕も、

「うづさん」

と叫んだ。

うづの野菜舟には小籐次が工夫した日傘が差しかけられ、秋の日差しからうづの身や野菜を守っていた。

「駿太郎さん、お夕ちゃん、よく来たわね」

とうづが野菜舟に立ち上がり、大きく手を振り返した。

小籐次が舟溜まりに突き出た板だけの船着場の杭に小舟を舫うと、駿太郎が船着場に這い

上がった。

「はい、駿太郎さん。どれだけ大きくなったか、私に抱かせて」

とうづが両手を差し伸べて駿太郎を抱き上げると野菜舟が揺れた。そこへこの界隈のおかみさん連が野菜を求めてやってきて、

「酔いどれ様、久しぶりじゃない。あんまり深川を邪険にすると、得意先に愛想を尽かされるよ」

「そうだよ、竹藪《たけやぶ》蕎麦の美造親方が船溜まりを覗いては、今日も姿が見えないか、なんぞと寂しげに呟いていたもの」

と小籐次に言った。

「野分のあとにあれこれとござってな。じゃが、本日から心を入れ替えて働くで宜しく願う」

と女たちに頭を下げた小籐次は、

「女衆、うちの長屋の差配の娘御でな、お夕ちゃんじゃ。舟にも乗ったことがのうて、深川を見たこともないというで連れて参った。日頃から駿太郎が世話になっておってな」

「お夕ちゃんというのかい。賢そうな娘だね」

「深川はざっくばらんで人情みのある町だよ」

「人情みはあるけど銭はない」

「そうそう、それがいいのさ」

と一頻り女たちの深川自慢で盛り上がり、賑やかにうづの野菜を買って船着場から姿を消した。

「うづどの、それがし、この界隈を一回りして参る。最初は万作親方の家じゃ。なんぞ伝えることはあるかな」

「なら、この籠に入った野菜を届けてもらえませんか」

と竹の背負《しょ》い籠を差した。野菜が傷まないように濡れ筵がかけてある。

「よしよし」

小舟からお夕を船着場に上げて、小籐次は籠を背負った。

「留守を頼む」

「研ぎの注文がきたら預かっておくわ」

とうづが答え、駿太郎の手を引いたお夕を従え、小籐次は船溜まりの石垣に設けられた石段を上がった。

河岸道に上がってみると野分の爪痕が処々方々に残っていた。

まず三人は、河岸道を黒江町伝いに八幡橋へと歩いていった。水が上がった様子は見られたが、表店にはさほどの被害は出なかったようだ。

八幡橋際の万作親方の作業場から、

「しゅっしゅっ」

「とんとんとん」

と桶板を丸鉋《まるかんな》で削ったり、箍《たが》を締める心地よい音が響いてきた。

曲物《わげもの》造りの名人万作と倅《せがれ》の太郎吉が仕事をする音だった。

人の気配に太郎吉が視線を上げて、

「おっ、今日はお夕ちゃんも一緒かい」

と声を張り上げた。その声に万作も仕事の手を休めて、

「赤目様、待っていたよ」

と笑いかけた。

「親父、この娘さんは赤目様が住む長屋の大家さんの孫娘だ。おれとうづさんが先日、朝餉を馳走になったと言ったろう」

「新兵衛さんの孫娘じゃな。よう来なさった」

と万作が笑いかけ、作業場の様子に気づいたおかみさんのおそのまで奥から姿を見せた。

「おかみさん、うづどのからの預かり物じゃ」

小籐次は背に負った籠を下ろした。

「おやおや、うづさんたらいつもいつも済まないね。この大根の葉っぱの瑞々しいことといったらないよ。油揚げと一緒に炒めて七味なんぞかけて食べると、これがまた美味《うま》いんだよ」

と籠の野菜を受け取った。

「大根葉を油で炒めるか。それがし、口にしたことがないな」

「私も他人様から教わったんだけど、なんでも唐人はよく油で炒めるらしいよ。深川近辺の廻船問屋にさ、西国から来た千石船の炊き方が、唐人の炒め料理を伝えたのが始まりだとさ」

とおそのが説明し、

「こいつで飯を食うと何杯でもいけるよ」

と太郎吉が頷いた。

「そうだ、昼餉にさ、赤目様方も、うちでうづさんと一緒に飯を食べないか。おっ母、それでいいだろ」

「太郎吉、おまえはうづさんを呼ぶのが狙いだろ」

「そうか、われらは付け足しか」

「そうじゃねえよ」

と口を尖らす太郎吉を、お夕がにこにこ笑って見ている。

「赤目様、うちの道具も研いでほしいが、その足で経師屋《きょうじや》の安兵衛親方のところに顔を出してくれねえか。水が上がったお店から襖の張り替えなんぞの注文が入って、てんてこ舞いなんだよ」

「さようか。野分が来れば経師屋が儲《もう》かるか」

「桶屋はだめだな」

「ならば安兵衛親方の所に参ろう」

と答える小籐次に太郎吉が、

「お夕ちゃん、駿太郎さんとうちで遊んでいくかい。どうせ昼餉はうちで食べるんだからさ」

と誘いかけたが、お夕は顔を横に振り、

「深川の町を赤目様と一緒に回ってみたいの」

と断った。

「そうか、知らない土地を見物するのも勉強だもんな。あとでうちに来るんだぜ」

と太郎吉が言い、小籐次はうづの空籠を抱えて安兵衛親方の作業場を訪ねた。すると親方や職人に女衆も加わっての総出で、水を被った襖など建具の修繕に精を出していた。

「親方、てんてこ舞いじゃな」

「酔いどれの旦那、いいとこに来てくれたぜ。猫の手も借りたいというのはこのことだ」

とねじり鉢巻の親方が叫び、

「手入れのいる道具はいくらでもある。すまねえ、手っとり早く研ぎを願おうか」

と切れが悪くなった道具を集め、小籐次が負ったうづの籠に入れてくれた。

「いささか忙しくなった。お夕ちゃん、駿太郎、うづどののところに一旦戻るぞ」

と小籐次らが戻ろうとすると、

「ちょいとお待ちな」

と親方のかみさんが、お夕と駿太郎に紙に包んだ有平糖《アルヘイとう》を持たせてくれた。

「ありがとう、おばさん」

と礼を述べたお夕に駿太郎も真似てみせた。

「駿ちゃん、おりこうになったね」

と頭を撫《な》でられた駿太郎はご機嫌だ。

帰り道、駿太郎がお夕に有平糖をねだり、お夕が小籐次に許しを求めた。

「駿太郎、往来で物を食べてはならぬ。そなたは痩《や》せても枯れても武士の子じゃ。舟に戻ってからに致せ」

と命じられ、駿太郎はぷうっと頰をふくらませたが、

「駿ちゃん、舟まで我慢よ」

とお夕に諭されて得心したか、蛤町裏河岸に駆けだすように戻り始めた。

「あら、意外と早かったわね」

とうづが驚きの顔を見せて、小籐次が事情を話した。

「うづどの、本日の昼餉は太郎吉さんのところじゃと」

「そんなことになるじゃないかと思っていたわ。だったら私、これからご町内を触れ売りに行ってこようかな」

「ならば、それがしが交替で店番をしよう」

小籐次は籠を下ろし、安兵衛親方の道具を小舟に移した。その籠に、うづが野菜を手際よく移し替えた。その傍らで駿太郎がお夕から有平糖を貰い、嬉しそうに嘗めていた。

「駿太郎、そなただけが貰うたわけではないぞ。お夕ちゃんにもどうぞと申さぬか」

小籐次に言われた駿太郎が、

「ねえちゃん、あめ」

とお夕に食べるように勧めた。

「赤目様、私も嘗めていいの」

「よいよい」

「あら、有平糖なの。美味《おい》しそうね」

「赤目様のお得意先で貰ったの、うづさんも嘗める」

とお夕がうづにも渡し、うづが有平糖を口に入れながら、

「そうだ。お夕ちゃん、私と触れ売りに行かない。そしたら、この界隈の町が見物できるわよ」

と言いだした。

「ねえ、赤目様。いいでしょ」

「そうじゃな、この船溜りにじっとしているのも退屈であろう。お夕ちゃん、うづどのに同行するか」

頷くお夕の傍らから、駿太郎もいくいくと言いだした。

「駿太郎、うづどのの商いの邪魔をせぬか」

駿太郎が首を縦に振った。

「今日は賑やかに三人で触れ売りに歩くわよ。でも、駿太郎さんに町回りの真似をさせていいのかな」

「武士の子とは申せ、長屋住まいの研ぎ師の倅。物心ついた折から暮らしを経験させるのは悪いことではあるまい。それがしとて研ぎ仕事に連れ回っておるわ」

そうでしたね、と納得して背に荷を負った姉さんかぶりのうづと、駿太郎の手を引いたおタの三人が船着場から姿を消した。

小舟の研ぎ場を整えた小籐次は、安兵衛親方から預かってきた道具の数々を並べ、研ぎの順序を決めた。

久しぶりの研ぎだ。心が躍るのが分かった。

最初の刃ものを、十分に水に吸わせた砥石の上に置いた。

その瞬間、もはや小籐次の頭には研ぎに専念することしかなかった。秋の日差しを浴びながらひたすら研ぎ仕事に没頭した。

「酔いどれの旦那、うづさんはいないのかい」

と時に女衆が野菜を求めに来た。

「欲しい野菜を手にして、銭を置いていって下され」

「値はどうするのさ」

「いつもの値でよかろう」

「それでいいのかい」

った。

「長年のお得意様じゃからな」

と小籐次が言うと、女衆は適当に自分で計算して、野菜舟に置かれた籠にお代を入れていった。

どれほどの刻限が過ぎたか。

安兵衛親方の道具はなんとか研ぎ終えた。その時、うづら三人が賑やかに戻ってきた。

小籐次は空を見上げた。

お天道様は中天にあった。もはや九つ（十二時）前後か。

「野分のあとは野菜の売れ行きがいいの」

とうづが空になった籠を、ほら、と見せた。

「こちらも、一先《ひとま》ず安兵衛親方の道具は仕上がった。うづどのがおらぬ間に客が参り、品を選んで適当に銭を払っていったが、それでよいか」

「あら、こちらもだいぶ売れているじゃない、商売繁盛ね。私のほうはお夕ちゃんと駿太郎ちゃんが一緒に行ってくれたせいだし、こちらは赤目様のお蔭かしら」

「うづどの、それがしはなにもしておらぬ。それより、駿太郎は迷惑をかけなかったか」

「どこでも駿太郎ちゃんは、あら、酔いどれ様の子供とか、孫じゃないのかとか、大変なもてようよ」

うづの報告に駿太郎が胸を張り、お夕が笑った。

「うづどの、刻限も刻限じゃ。舟を連ねて八幡橋に行かぬか。それがし、その足で研ぎ上がった道具を安兵衛親方の作業場に届けたいでな」

「いいわよ」

野菜舟と研ぎ舟の舫い綱を解き、蛤町裏河岸の船着場から舳先を並べた二艘は、万作親方の家がある八幡橋際に向かった。

二

小籐次が経師職の安兵衛親方の作業場から、新たに研ぎをかける道具を小脇に抱えて万作の家に戻ると、賑やかな笑い声が奥から河岸道まで響いてきた。

万作一家三人に若いうづ、お夕、そして駿太郎の三人が加わり、いつもとは違う万作家の風景が想像された。

「ただ今戻りました」

と小籐次が作業場の片隅に道具を置いて奥に向かうと、狭い庭に接した居間と縁側に座した六人が談笑していた。

「賑やかでござるな」

「娘さんが二人も訪ねてくれるなんて、うちじゃあ江戸開闢《かいびゃく》以来のことですよ、酔いどれ様」

大仰な言い方をした女房のおそのが笑った。

駿太郎はすでに握り飯を手に黙々と食べていた。

「ささっ、赤目様、お上がり下せえ」

万作親方がにこにこ顔で請じた。

「安兵衛親方からまた新たに研ぎ道具を預かってきたでな、汗を掻いた。井戸端で顔を洗わせてもらおう」

勝手知ったる万作家だ。深川では珍しい掘り抜き井戸のある庭で、釣瓶《つるべ》に水を汲んで汗を洗い流した小籐次はさっぱりした。そして、狭い庭越しに居間を見ると、昼餉の仕度が女三人の手で行われていた。手持ち無沙汰の万作と太郎吉の、華やいだ雰囲気に呑まれた表情が見えた。

縁側で煙管を吹かす万作の顔に、色付き始めた柿の葉を透かして秋の陽が落ち、揺れていた。

万作家にはどうやらうづが嫁として入ることになりそうだ。おそのだけが女だった家にうづが加わり、大きく様変わりすることになろうと、小籐次は勝手な推測をしながら縁側に戻った。

「ささっ、こっちに上がったり上がったり」

と万作が小籐次を呼んだ。

うづとお夕が、板重に並んだ握り飯や浅蜊《あさり》汁を運んできて、居間がなにやら花見にでも行ったような趣になった。

「駿太郎、握り飯は美味しいか」

「おいしい、じじ」

と駿太郎がもぐもぐと答えた握り飯は白米ではなかった。なにやら炊き込みご飯を握ったように思えた。

「酔いどれ様、うづさんから貰った大根の葉と油揚げを細かく刻んで胡麻油でさあっと炒めてさ、炊き上がったまんまに混ぜて握った飯だよ。初めて握り飯にしてみたが、どうだかね。食べてみて下さいな」

とおそのが言った。

道理で胡麻油の香ばしい匂いが辺りに漂っていた。

「赤目様、酒を出そうか」

「親方、今日中に安兵衛親方のところの道具を研ぎ上げぬといかぬ。酒は遠慮しておこう、それよりこの握り飯を頂戴しようか」

小籐次が板重から握り飯を摑んで口に持っていこうとすると、胡麻油の香りがさらに一段として、胃の腑を刺激した。

「どれどれ」

と一口食した握り飯は、小籐次がこれまで食べたことのないもので、瑞々しい大根の葉と油揚げと炊き立ての飯が絶妙に絡み、なんとも塩梅《あんばい》がよかった。

「ぴりりと舌にくるのは七味かのう」

「一味ですよ。どうですね」

「おそのさん、絶品じゃ」

すると、いささか不安そうだったおそのの顔が一気に弾けた。

「どれどれ」

と万作も手にして、

「ほうほう、これはこれで美味いな。食欲がないときにはいくつでも食べられそうだ」

とおそのの工夫を褒めた。そこで女たちが握り飯を手にして、

「あら、おばさん、食べたことのない味だわ。胡麻油の香りがなんともいいわ。どう、お夕

ちゃん」

うづがお夕のことを気にした。

「うづさん、こんなに美味しいもの、食べたことがありません。おっ母さんに食べさせたいくらいです」

「お夕ちゃんは親孝行だね。こんなもんでよければ帰りに持たせるよ。いくらでもあるからたんとお食べ」

とおそのは自信を得たようで、

「やはり採れ立ての大根葉がごはんと油揚げを引き立てたんだよ」

とうづの実家から貰った野菜を褒めた。

「どうやら万作親方の家にも春が巡ってきそうじゃな」

と小籐次が万作に言いかけた。

「そうなると嬉しいが、うちのようなところに来てくれるかね」

と万作は未だ不安げにうづと太郎吉を見た。

「どうじゃ、うづどの。気持ちは固まったか」

万作家の不安を代弁して小籐次がうづに訊いた。

「赤目様、私はその気ですけど」

おおっ
と太郎吉が握り飯を喉に詰まらせたか、奇声を発して、

「う、うづさん、ほ、ほんとうかい」

「太郎吉さんにはその気はないの」

「夢みてえだ」

という太郎吉の正直な答えにお夕が微笑み、駿太郎が意味も分からず声を上げて笑った。

「よしよし、これで万事めでたしだ」

「そんときゃ、竹藪蕎麦と同じように赤目様が仲人じゃな」

「あのときは成り行きであったが、二つも続けてもくず蟹面の仲人一人では、話にもなるまい」

「赤目様にはお相手がおられるじゃない」

とうづが言いだした。

「いるって、おりょう様のことか」

「そうよ、北村おりょう様よ」

「うづどの、考え違いをせんでもらいたい。おりょう様はそれがしと夫婦ではないぞ。御歌学者の息女じゃぞ」

「だって先日の市村座の新作興行に、赤目様はおりょう様をお招きして、江戸じゅうに大評判になったわ。夫婦じゃないかもしれないけど、だれもが赤目小籐次様と北村おりょう様はお似合いの二人と承知しているもの」

いつものうづにも似ず、強く迫った。

「うづさん、赤目様が迷惑そうだぜ」

「太郎吉さん、赤目様に仲人をお願いするなら、絶対におりょう様にお願いしてほしいの」

「うづさん、うちは深川のしがねえ曲物師だぜ。そんな御歌学者様のご息女様にお願いできる身分じゃゃないよ」

と万作もいささか困惑の体だ。

「うづどの、なんぞ理由があるのか」

「私の胸の中にはあるけど、今は口にしたくないの」

と答えたうづが、

「赤目様、おりょう様にお願いして頂けませんか。おりょう様がそれは困ると言われたら、それ以上の無理は申しません」

「うづどのの頼みゆえ願うてはみるが」

と応じた小籐次は一同に、おりょうが水野家を辞して須崎村に一家を構え、歌壇に打って

「こりゃ、うづさん、いよいよもっておりょう様に願うのは無理だ。筋違いと怒られそうだ」

と小籐次は、おりょう自ら名付けた御寮『望外川荘』のことを一座に告げた。

「久慈屋様の世話でな、立派な屋敷を得ることができた」

「おりょう様、本所の先にお家を構えられるの」

出ることを告げた。

と万作の腰が引け、おそのと太郎吉もうんうんと首肯した。

「赤目様、お訊きしていい」

「うづどのとそれがしの仲に遠慮など無用じゃ」

「おりょう様だけが、そんなに大きな御寮にお住まいになるの」

「御寮つきの爺やはおる。おそらくおりょう様に小女の一人くらいは従ってこられよう」

「違うの。私が尋ねているのは、おりょう様は、赤目様と駿太郎さんと一緒に住まわれることを望んでおられるのではないかということなの」

「本日のうづどのは厳しいのう」

「私の推量、あたってないの」

「うづどののゆえ正直に答えよう。おりょう様はそう願われた」

万作らが小籐次の返答に目を剝いた。

「だと思ったわ。赤目様と駿太郎さんは芝口新町から須崎村の御寮に引っ越すの」

「断り申した」

えっ、と今度はうづが目を丸くした。

「考えてもみられよ。北村おりょう様はこれから女歌人として江戸歌壇に打って出られるお方じゃぞ。そこへ子持ちの爺侍が住み込んであらぬ噂などが流れると、おりょう様の名声に傷がつこう。赤目小籐次、そのようなことは望んではおらぬ。芝界隈からそっとおりょう様のご活躍を見守りたい」

「赤目様、会わないおつもり」

「それは時候の挨拶くらいには出向こうと思う」

「それでいいの」

「それでいいもなにも、おりょう様が幸せになる邪魔をしたくないでな」

小籐次とうづの会話を万作一家が息をつめて聞いていた。

「無理だ、うづさん。この一件、諦《あきら》めよう」

と太郎吉がうづの望みを絶つように言い切った。

「おれは世間がなんと言おうと、赤目様に立ち会ってもらえたらそれでいい」

うづが太郎吉の言葉を聞いて頷き、

「赤目様、しつこく問い詰めてごめんなさい」

と詫びた。

「詫びる話ではない。おりょう様が御寮に落ち着かれたら、皆でご挨拶に参ろうか」

「えっ、おれたち、訪ねていいのかい」

と太郎吉が小籐次に念を押した。

「駿太郎も邪魔をするのだ。そなたらがご挨拶に行っても、おりょう様は快く迎えて下さろう」

「赤目様、新しく所帯を持つということは、あれこれと物入りだ」

万作がどこかほっとした様子で話柄を変えた。

「であろうな」

「おれと太郎吉がさ、御寮で使う桶を一揃え拵えたら、おりょう様に貰って頂けるかな」

「それは喜ばれようが、親方、無理をなさることはない」

「いや、うづさんが最前から赤目様を問い詰めた理由が分かったような気がしたんだ。こいつはわしらに作らせてくれまいか」

「そのような造作を名人のそなたに願うてよいかのう」

「赤目様のおりょう様への心遣いに比べれば、なんでもねえことだぜ。赤目小籐次様は、ただ強いばかりのお侍じゃねえな」

と万作が感心した。

「万作親方に感心されるほどのことはしておらぬ」

「まあ、そう聞いておこうか」

と万作が言い、温め直した浅蜊汁と、大根葉と油揚げの混ぜご飯で作った握り飯での昼餉が終わった。


昼下がり、小籐次は八幡橋下に舫った小舟で安兵衛親方の道具を研ぎ続けた。

うづは小舟で得意先を回るというので、お夕と駿太郎を野菜舟に乗せ、富岡八幡宮などをお夕に見物させるために連れていった。

そのお蔭で小籐次の仕事は捗り、七つ半前には研ぎ終わって安兵衛親方に届けることができた。

「助かったぜ、赤目様」

と安兵衛親方が、急がせた分だと二分一朱を研ぎ代にくれた。

「なんだか、荒稼ぎをしたようじゃ」

「赤目様は今や御鑓拝借の武名だけじゃねえや。岩井半四郎丈と市村座の舞台を踏んだ千両役者。こんなはした金じゃすまないお方と分かっているが、うちが払えるのはこの辺りまでだ」

「いや、過分に頂戴した」

と何度も礼を述べて万作親方の家に戻ると、空になったうづの小舟が舫われていた。

「うづどの、子守りをさせた上に深川見物の案内までさせて済まなかったな」

と詫びる小籐次にお夕が、

「うづさんに富岡八幡宮でお守りを買ってもらいました」

と嬉しそうにお守りを見せた。

「散財までさせたか」

「散財だなんて、お守りよ」

「どうじゃな、お夕ちゃん。深川のよさが分かったか」

「分かったわ。芝口新町よりずっとずっと情が濃いのよ、情を仇で返しては生きてはいけない土地なのよ。皆さん、いい人ばかりだった」

「そうか、それはよかった」

二艘の小舟は左右に分かれることになり、うづの舟が先に八幡橋下から姿を消した。

「さて、われらも大川を渡って芝口新町に戻るぞ。お夕ちゃんの親父様やおっ母さんに心配をかけてもいかぬでな」

と舫い綱を外そうとすると、おそのが石段下に姿を見せ、竹皮に包んだ握り飯をお夕に、

「おっ母さんへの土産《みやげ》だよ」

と渡してくれた。

「おばさん、なにからなにまで有難うございました」

とお夕が礼を述べたとき、今度は河岸道の上に万作親方と竹藪蕎麦の美造親方の二人が並んで、

「まだいたいた」

と小舟を覗き込んだ。そして、美造が、

「やっぱりこれじゃあ、酔いどれの旦那に残ってくれといっても駄目だな」

「親方、そなたのところには明日にも顔出しするつもりじゃ」

「研ぎ仕事じゃねえや。おれんちの得意様がよ、酔いどれ様のお力を借りたいと相談に見えたんだが、駄目だな」

「見てのとおり、本日はうちの差配さんの娘御を連れて参った。夕餉までに戻らぬと心配なさろう。相談ごとは明日にならぬか」

「明日な、まあ、一刻を争うふうはなかったからよ。明日、時間を作ってくれねえか」

「承知した」

と万作夫婦と美造親方に見送られて小籐次は八幡橋下を離れ、深川大島町と中島町を結ぶ大島橋へと舳先を向けた。


芝口新町の堀留に舟を止めたとき、お夕の両親桂三郎とお麻、それに勝五郎らが、

「ほれ、戻ってきたぜ。おれが心配ねえと言ったろう」

と桂三郎に言い、お麻がそれでも、

「お夕、舟酔いしなかった」

と叫んで問うた。

「おっ母さん、舟酔いなんてしないわよ。今日一日、ほんとうに楽しかった。それにお土産もあるのよ」

と竹皮の握り飯を手に持って振ってみせた。

ふうっ
と息を吐いたお麻が、

「母親の気持ちを知らないでね」

と呟き、お夕が、

「お爺ちゃんはどうだった」

「それが大変なの。お夕がいないって、長屋じゅうの人に迷惑をかけたのよ」

「あらあら」

桂三郎が小舟から駿太郎を抱き上げ、続いて娘のお夕の手を引いて長屋の庭に上げた。

勝五郎が小籐次から道具箱を受け取り、

「やっぱりよ、新兵衛さんはお夕ちゃんや駿ちゃんのことを仲間だと思ってるな。年寄りが呆けるってのは、子供返りとはよく言うが、ほんとうのことだぜ」

と言ったものだ。

「赤目様、ほんとうに今日は有難う。楽しかったわ」

とお夕が礼を述べた。すると駿太郎がお夕の手をとり、

「ねえちゃん、おうちにもどろ」

と木戸口に引っ張っていった。

「駿太郎、勘違いするでない、そなたの家は長屋じゃぞ」

と慌てて小籐次が言いかけ、お麻が、

「赤目様、駿ちゃんと一緒にうちで夕餉を食べませんか。これから仕度するのは大変でしょ

う」

と気遣ってくれた。

「昼は万作親方、夜は新兵衛様のところ。親子で他人様の世話になってばかり、恐縮じゃな」

「お夕が世話になったんです。なんでもありませんよ」

と言うお麻の傍らから桂三郎が笑いかけ、お夕と駿太郎はすでに新兵衛の家へと姿を消していた。

三

翌朝早く、小籐次は新兵衛長屋を出ると、一人で小舟に乗り、蛤町河岸に向かった。駿太郎はまたお麻とお夕が世話することとなり、新兵衛の家に残した。

竹藪蕎麦の美造親方から頼まれた一件が頭に残り、駿太郎連れでは動きがつくまいと思ったからだ。

八幡橋際に小舟を着けたとき、水面から靄《もや》が立ち昇り、河岸道にも漂い、普請場に向かう職人衆が靄を蹴立てていく姿が見られた。

いつもより早い六つ半（午前七時）前か。

この刻限では竹藪蕎麦は店も開けてもいないし、仕入れにも行っていまい。小舟を舫った小籐次は石段を上がって万作親方の家を訪ねた。さすがは職人の家だ。太郎吉が表を箒《ほうき》で掃《は》き清め、万作が作業場の雑巾《ぞうきん》がけをしていた。

「親方、太郎吉どの、お早ようござる」

「赤目様、早えな」

「美造親方に頼まれた一件が頭にあってな。今朝は早めに大川を渡って参った。朝の間に少しでもこちらの道具を研いでおきたい。預かっていくがよろしいか」

「助かります」

と太郎吉が箒を戸口に立てかけ、

「親父、赤目様がもう見えられたよ」

と雑巾がけする万作に知らせた。

「おっ、早うございますな」

と振り返る万作の顔には汗が光っていた。

「万作親方のところに比べればなんでもござらぬ。昨日は子連れでご厄介をかけ申した」

「そんなことはどうでもいいや。竹藪蕎麦の親方の頼みが気になったか」

万作はなんとなく事情を承知している様子で言った。

「そういうことにござる。蛤町裏河岸の船着場でこちらの道具を研ぎながら、美造親方の店が開くのを待とうと思う」

太郎吉はすでに小籐次に研ぎに出す道具類を古布に包み込んでいた。それを預かった小籐次に万作が、

「お茶くらい飲んでいかれませんか」

「お茶は有難いが、それでは大川を早く渡った甲斐《かい》がござらぬでな」

「ならば昼に顔を出しなせえ」

と親方が言って小籐次を送り出した。

蛤町裏河岸も朝靄に包まれ、堀面に突き出した船着場の床が靄に隠れていた。むろんうづの野菜舟はまだ来ていなかった。

小舟の舳先で靄を散らすように船着場に横付けして舫った。

小籐次は堀の水を桶に汲むと、作業の手順を考えた後、研ぎ仕事にかかった。研ぎにかかれば、もはや小籐次には時間の感覚もなにもない。ひたすら無心に砥石の滑面に曲物師の万作名人の道具の刃を往復させた。

どれほどの時が流れたか、すでに太郎吉の道具にかかっていた。

「ほう、太郎吉どのの刃の減り具合が以前とは違ってきたな」

と呟いたとき、うづの声が船着場に響いた。

「今朝は早いのね」

「おお、うづどの、来ておったか。気付かなかったぞ」

「今朝は一人なの。太郎吉さんの道具がどうのこうのと独り言を洩らされていたけど、どういう意味」

とうづが野菜舟から声をかけてきた。

「気になるかな。太郎吉どのの道具の減り具合じゃが、以前は片側ばかりが減っておった。そちらに力が入り過ぎておったからじゃ。ところが、名人の親方の減りはどれもが左右が均一じゃ。無理な力がどちらにもかかっておらぬ証拠じゃな。近頃、少しずつだが、倅どのの道具の扱いが親方に近付いてきた。とは申せ、親父様の域に達するには前途遼遠、あと十年かそれ以上かかろう。だが、確かに近付いておるぞ」

「太郎吉さんが知ったら喜ぶわ」

とうづは自分のことのように喜んだ。

いつの間にか蛤町裏河岸付近の靄は消えて、秋の日差しが照らし付けていた。

「お得意様から頼まれた鶏卵を届けてくるけど、なにか用事がある」

「美造親方が起きておられたら、それがしが来ておると伝えてくれぬか」

分かった、とうづが竹籠に野菜や鶏卵を入れて、朝一番の仕事に出かけていった。

小籐次は再び研ぎ仕事に没頭して、時を忘れた。

太郎吉の道具の研ぎが終わり、ふと我に返ると、うづはすでに野菜舟に戻り、その周りに女衆が群がっていた。

小籐次は日差しの具合から四つ（午前十時）前後かと見当をつけた。

「今朝はえらく熱心に仕事をしているんじゃないか、酔いどれ様はよ」

と小籐次が顔を上げたのを女衆の一人が認めて言った。

「少しは精出さぬと、この界隈に立ち入りを禁じられるでな」

小籐次は研ぎ上げた道具を一つひとつ点検すると古布に丁寧に包んだ。

「うづどの、万作親方の家に届けて参る」

「美造親方に伝えたわよ」

「帰りに立ち寄ろう」

菅笠を被った小籐次は、小舟から船着場の床を伝って河岸道に上がり、八幡橋へと向かった。

曲物師の作業場では今日も名人の立てる律動的な軽やかな音と、まだその域には達せぬ倅の、律儀だがどこかぎこちない音が競い合うように響いていた。

「お届けに参った」

「赤目様、ご苦労でしたな。そろそろ茶の時分ですよ。飲んでいかれませぬか」

「これから美造親方の店に回るでな、またにしよう」

「その一件がございましたな。先代から世話になっている三河蔦屋《みかわつたや》の頼みだ。美造親方も赤目様のお力を頼りにしていますからな」

と万作親方がいった。

「三河蔦屋とな」

「屋敷は永代寺西方にございましてな、この界隈の惣名主《そうなぬし》を務めてきた三河蔦屋を、赤目様は知りませんかえ」

「そのようなお方がおられるか」

「三河蔦の名のとおり、先祖は三河から家康様の関東入りに従ってきたという一族にございましてな。江戸、それも筋違見附《すじかいみつけ》から芝口橋の角を与えられた古町町人《こまちちょうにん》のような名家ですよ」

と言った。

万作のいう江戸とは、本所深川に対比して、公方様の住まいされる大川の向こう岸のことだ。

「まあ、あとは美造親方にお聞きなさい」

「大層なことであろうかのう」

いささか大仰な頼みでは小籐次の手に余る。それでは口利きの美造親方の面子《メンツ》を潰すことにならぬかと案じながらも、竹藪蕎麦を訪ねた。

「さっき堀に下りたらよ、うづさんが万作親方のところに道具を届けた帰りに立ち寄るというから、待ってたんだよ」

と美造が珍しくも古びた羽織を着て待ち受けていた。

「この足で出かけられるか」

「差し障りがあるかい、赤目様」

「朝から水一杯飲んでおらぬ。茶など所望できぬか、親方」

と小籐次が願うと、腹の虫がぐうっと鳴った。

「おきょう、赤目様に朝餉の膳をお出ししてくれ。縞太郎、茶を淹れねえ」

と大声で命じ、忽ち折敷《おしき》膳と茶が供せられた。

縞太郎は倅で、おきょうはその嫁だ。

小籐次は嫁のおきょうの腹がふっくらしているようだと思いながら、

「なんだか、朝餉を催促したようじゃ」

膳の上には麦飯にとろろがかかり、煮ものと豆腐の味噌汁が添えられていた。

「遠慮なく頂戴致す」

美造親方がいらいらしている様子に、小籐次は茶を喫してとろろ飯を啜り込んだ。

「腹の虫は収まったかね、赤目様」

と美造が急《せ》かし、女房のおはるが、

「おまえさん、いくら大番頭さんの頼みでも、赤目様をめったやたらと急がせるんじゃないよ。少しは落ち着きなって」

と亭主を制した。そこへおきょうが新しく淹れた茶を運んできた。

「おきょうさん、やや子ができたか」

縞太郎とおきょうの仲人は赤目小籐次だ。

「はい」

とおきょうが顔を赤らめた。

「赤目様、来夏には孫ができるんですよ」

おはるが嬉しそうに言った。

「それはめでたい」

小籐次は、淹れ立ての茶を喫しながら、美造が貧乏ゆすりをして小籐次を待ち受けているのに目を留めた。

「昨日は慌てているふうはなかったが、なんぞ変化が生じたか、親方」

「そのことだ。門前町から大番頭さん自ら出てこられたんだ、この美造の店によ。おれの立場になってみなよ、肝が細る思いだよ」

「そうは言っても、赤目様に関わりがあることじゃなしさ。親父、少しは落ち着きなよ」

と縞太郎にまで言われた美造が貧乏揺すりの足を手で止めた。

「親方、三河蔦屋になにが起こったのじゃ」

「なに、赤目様は要件を承知か」

「万作親方に、そなたの頼みの主が三河蔦屋だと聞いただけじゃ」

ふうっ
と大きな息を吐いた美造が、

「おれにも茶を淹れてくれ」

とおきょうに命じた。

「赤目様は、三河蔦屋のことをなにか承知か」

「深川を仕切る惣名主が三河蔦屋様ということさえ、恥ずかしながら最前まで知らなかった」

「近頃の深川の住人は三河蔦屋がどんな家柄かも知らないから、赤目様が知らないのも無理はねえや。なにを売っているわけじゃないしな。だが、三河蔦屋は深川界隈の酒の卸業を一手に引き受けて、多くの家作もお持ちでよ。未だに隠然たる力をこの界隈で見せつけておいでの一族だ」

「その三河蔦屋になにが起こったな」

「それがどうも」

と美造が首を捻った。

「なんだ、親方は知らぬのか」

「大番頭さん自らがさ、最前、顔に大汗を搔いてうちに見えてよ。美造、なんとしても赤目小籐次様に引き合わせてくれ。いや、三河蔦屋までお連れしてくれ、と煩いくらい念押しして帰りなさったばかりだ」

「親方はなにも知らぬのじゃな」

「まあ、そういうことだ」

おきょうが美造にお茶を運んできた。

「親方、そなたの意を汲み、それがしが三河蔦屋に参ろう。あとは任せられよ」

「引き合わせなくていいかい。粗相があってはおれの顔が潰れるがね」

「案じなさるな。三河蔦屋ではあまり表に出したくない騒ぎが起こっているのであろう。親方がそれがしと一緒に参っても、玄関口で戻されるやもしれぬぞ」

「それはそうだな。おれも未だ三河蔦屋の奥に通されたことなんてねえものな。第一、大旦那の顔を見たのは十年も前のことだ」

と美造が言い出し、急に力が抜けたか、茶を啜った。

小籐次も茶碗に残った茶を啜って立ち上がった。

「赤目様、頼まあ」

と美造の言葉に送り出されて、蛤町裏河岸の小舟に一旦戻った。

「うづどの、三河蔦屋様の屋敷を承知か」

「惣名主様の屋敷に行くの」

「美造親方の願いでな」

「永代寺門前山本町の亥《い》の口《くち》橋近くに行けば直ぐに分かるわ」

小籐次は、菅笠に古い袷に裁っ着け袴《はかま》を穿き、腰に次直の一剣を差し落としたなりで、三河蔦屋の門前に立った。

長年、深川界隈を得意先にして商いを続けてきたにも拘わらず、小籐次は三河蔦屋の存在も屋敷も知らなかった。

どうやら江戸町年寄の喜多村家や樽屋と同じく、幕府からの拝領屋敷と見えて、なかなか豪壮な門構えだ。

「ご免」

と門前で声を掛けると、森閑とした敷地から老爺が顔を出した。

「大番頭の中右衛門様はおられようか」

破れ笠の骨に差し込まれた竹とんぼに目を留めた老爺が、おまえ様はだれだ、と問うた。

「赤目小籐次と申す」

「あかめ、あかめ」

と呟いた老爺が奥へと姿を消した。

小籐次は長屋門を入り、広々とした敷地を眺めた。

三河蔦屋の東側の堀を挟んで永代寺境内に隣接しているらしく、永代寺の森が敷地内から望めた。

長い時が流れ、ばたばたと草履の音が響いて大きな体付きの男が門へと飛び出してくるや、門の外をきょろきょろと見回した。四十前後か。

「どちらにおられる、赤目様は」

「大番頭の中右衛門様かな」

四十前後の大男が小籐次を見て、

「おまえ様が、赤目小籐次様ですか」

と尋ねた。

「いかにも赤目小籐次にござる。竹藪蕎麦の美造親方の格別な頼みにより参上致した」

うむうむ、と頷いた中右衛門が、

「小さい小さいと聞いておったが、真に小そうござるな」

「大番頭どの、こればかりは親からもろうた体ゆえ変わりようがないでな」

「いかにもさようじゃった」

「赤目様に頼みがござる。この一件、そなた、墓場まで持っていくと約定《やくじょう》して頂けようか。この場で返答をお聞かせ下され」

「大番頭どの、話も聞かぬ先に墓場まで持っていけとは、いささか無体な頼みにござろう。赤目小籐次に信なくば、それがし、これより退散致す」

「それは困る」

と六尺三、四寸はありそうな大番頭が背を丸め、大きな顔を歪《ゆが》めて唸った。

「大番頭どの、それがしがいささかでも江戸に名を知られたは、武術の力だけではござらぬ。

信義あればこそのことにござる」

「いかにもさようでござろう」

と自らを得心させるように言った中右衛門が、

「大旦那様にお目にかかって頂こう」

と覚悟を決めたか、枝折戸を潜り、母屋をぐるりと回って庭に小籐次を案内した。

秋の日差しが落ちる縁側の大きな座布団の上に、袖なしを羽織った老人が両眼を瞑《つむ》って座していた。白髪頭や背の丸まり具合から考えて、相当の年寄りに見えた。大きな顔で、両の頬がだらりと垂れていた。

「三河蔦屋の十二代当主染左衛門様にございます」

と大番頭が小籐次に紹介し、

「当代様、噂に名高い、御鑓拝借の赤目小籐次様にございます」

と今度は小籐次を瞑想する当主に告げた。

すると鼾《いびき》が洩れ、その音に、重そうに垂れた瞼がゆっくりと開けられた。だが、それは両眼に一筋線が入った程度の開け方だった。そして、その細い目から哀しみとも不安ともつかぬ感情が漂ってきた。

「当代様自らご説明なされますか」

大きな顔が横に振られた。

「それでは染左衛門様になり替わり、私めが説明致します」

と大男の大番頭が小籐次を見下ろすようにして言った。

「二日ほど前、十三代に就かれる倅、藤四郎様、嫁女のお佐保様、嫡男小太郎様が、富岡八幡宮に月参りに参られました。その帰りはいつも二軒茶屋の伊勢屋と松川に月代わりにお立ち寄りになり、昼餉を食してこられる習わしにございます。この日は松川にお立ち寄りになり、親子三人水入らずで料理を楽しまれたところまで、判明しております。食事が終わり、女衆がお茶を運んでいきますと、藤四郎様方三人のお姿がございません。おや、どうなされたか、と女衆はしばらく待ったそうですが、座敷にお戻りがない。そこで松川の張場ではなんぞ急用ができて、お屋敷に帰られたと考えたそうな。うちでは夕刻になってもお帰りがないので、松川に問い合わせますと、そのような返事で、それから大騒ぎになったのでございますよ」

「親子三人が白昼忽然《こつぜん》と料理茶屋から掻き消えた、そういうわけですな」

「はい」

「その後、こちらに脅迫状のようなものが届きましたかな」

大男の大番頭が、再び両眼を閉じた十二代目の当主を窺うように見た。

鼾が答えだ。

小籐次はしばらく染左衛門の居眠り姿を見ていたが、

「大番頭どの、それがしをこちらに呼べと発案なされたのは、どなた様にございますな」

「大旦那様にございます」

「大番頭どの、それがしになんぞ申し伝えることがござるか」

「いえ、それ以上のことは」

「ならばこの場は、大旦那様と二人だけにしてもらえぬか」

と小籐次が願い、中右衛門が大旦那の様子を窺ったが、十二代当主は鼻提灯を膨らませて鼾を掻いて眠り込んでいた。

四

小籐次は、しばらく染左衛門が狸《たぬき》寝入りをしているのかどうか、様子を窺ってみたが、目を覚ます様子はない。そこで腰の次直を抜くと日差しの差し込む縁側に腰を掛け、両眼を瞑った。

風もなく、縁側はなんとなくほっこりとしていた。

草履を脱いだ小籐次は縁側にごろりと横になった。

染左衛門の鼾に誘われるように小籐次も眠りに就いた。

どれほどの時が流れたか、痰《たん》がからむような咳に小籐次は目を開けた。すると頬が垂れた染左衛門が、細い一文字眼《まなこ》で小籐次を睨んでいた。

「ついうつらうつらと眠ってしもうたか」

小籐次はお天道様の位置を確かめて、涎《よだれ》を拳で拭い、

「どうやら九つ（十二時）前後らしい。腹も空くわ」

と呟いた。

「腹が空いたてか」

「遅い朝餉を慌てて食したのがよくなかったようじゃ。却って腹が空いた。そのせいか、腹の虫がいささか怒ってござるわ」

「そなた、研ぎ仕事が生計《たつき》らしいのう。小舟でこの界隈を回っておるそうな」

染左衛門は大番頭から小籐次のことを聞いたか、尋ねた。

「砥石を担いで得意先は回れませんでな」

ふうん
と鼻を鳴らすように返事をした染左衛門が、

「うちへも小舟で来たか」

「いかにもさよう」

「小舟に乗せよ」

小籐次は、どこへとは問い返さなかった。

縁側から立ち上がって草履を履き、次直を手にした。

「そやつか、御鑓拝借やら小金井橋で十三人斬りをなした刀は」

「いかにもさよう」

染左衛門も沓脱ぎ石の上の草履を大儀そうに履くと、庭を突っ切るようにして小籐次を屋敷の横門に案内し、表に出た。すると亥の口橋が右手にあり、小籐次の小舟が舫われているのが見えた。

染左衛門は小籐次にその舟が持ち舟かとも尋ねようともせず、太った体からは想像もつかない早足ですたすたと歩き、橋下の小舟に乗り込んだ。

小籐次も仕方なしに従った。

研ぎ場を避けて舳先に座した染左衛門が、袖なし羽織の下から不意に短刀を抜いた。

「業前《わざまえ》をみたい」

「拝見致そうか」

小籐次は古色蒼然《そうぜん》とした拵えの短刀を鞘から抜き、切っ先を水辺に向けた。

刃長九寸一分、南北朝中期の相州《そうしゆう》伝長谷部國信の一振と見た。

これほど見事な短刀は、昨今なかなかお目にかかれる代物ではない。だが、長年手入れがなされておらぬとみえ、刃全体に曇りがかかっていた。

「研げと申されるか」

「三河蔦屋の代々の主の腰にあったでな。手入れもされておらぬ」

と染左衛門が平然と言った。それにしても、町廻りの研ぎ屋に頼む代物ではない。

「砥石も足らぬゆえ、預かれぬか」

「今、研いでみせよ」

「あとで文句を言うても知らぬぞ」

染左衛門はもはやなにも答えない。なかなか食えぬ爺様だ。

小籐次は、小舟に乗せた砥石の中に中名倉《なぐらど》砥が一本あったことを思い出し、古布に包んであった砥石を桶の水に浸した。そうしておいて、短刀の目釘《めくぎ》を外し、九寸一分の刃《やいば》にした。

小籐次の見立てどおり、長谷部國信の銘が刻まれてあった。

小籐次はしばらく國信を眺めていると、むらむらと心の中に挑戦欲が湧き上がってきた。

桶の水に静かに國信を浸け、砥石に向き合った。

刃をひたっと中名倉砥にあてた瞬間、空腹も染左衛門がいることも忘れた。ただ、長谷部國信の鍛造した九寸一分の曇りを抜くことに没入した。

時間がゆるゆると流れていき、時に砥石を走る刃の音に染左衛門の鼾が重なった。だが、小籐次の耳にもはや鼾など入ってこない。

ふうっ

と大きな息を一つ吐いた小籐次が、桶の水に國信をさらして砥石の粉を落とした。光に翳すと、刃全体を覆っていた曇りは落ちていた。

だが、拭いの作業をやるには、微粉末にした酸化鉄を丁子《ちょうじ》と油に混ぜ、吉野紙で漉《こ》した溶液が足りなかった。

「見せよ」

と染左衛門が催促した。

小籐次は茎《なかご》を先にして渡した。

三河蔦屋に伝わる國信を虚空に翳して眺めていた染左衛門が、

うっ

と息を詰まらせたように唸った。

「そなた、ただ者ではないわ。世間の噂があたっておることもあるか」

と嘆息した。

「世間でどのような噂をしておるか、耳にせぬでもないが、当代どのが申されるとおり、大半が大袈裟か、外れじゃな」

「いよいよもって気に入った」

と応じた染左衛門が國信を小籐次に返し、拵えに戻せと命じた。

小籐次は持参の道具でできるかぎりの手入れをして、元の拵えに戻そうとした。

「そのまま話を聞け」

と染左衛門が命じた。

「まずこの話、どのような結末を迎えようと、そなたの肚《はら》に仕舞ってくれぬか」

「承知した」

「倅の藤四郎、嫁の佐保、孫の小太郎を勾引《かどわか》した者は分かっておる。わが三河の本家、蔦村三郎助一族である」

「三河蔦屋の先祖は武士にござるか」

「江戸以前の三河者など、武士か百姓かよう区別がつかぬものが多い。わが先祖もそのような出じゃ。慶長八年、家康様に征夷大将軍の宣下が下り、関東入りなされた折、本家は三河に残り、分家のわが先祖は家康様に従ったため、その後の明暗を分けることになった。本家は武家にこだわり、あれこれと策を弄して大名家に仕官しようとしたが、どれも目論見に反して、三河の水呑み百姓に戻った。それに比べて、分家の先祖はこの深川の地の惣名主に任じられ、下り酒商いの株を得て、それなりの財を作った。もはや深川に惣名主などという職務はないが、古い町人はうちをそう遇してくれる」

とそこまで喋った染左衛門は、

「喉が渇いた、水などないか」

と小籐次に求めた。

小籐次は竹筒に入れた水を染左衛門に渡した。栓を抜いた染左衛門が口をつけて竹筒の水を飲んだが、口から零れた水が絹ものの小袖を濡らした。

「数年ほど前から、本家を名乗る者が書状を寄越してな。慶長八年に袂《たもと》を分かった本家と分家には、国許の三河と江戸とを百年置きに交代する約定ありとして、深川の拝領屋敷と下り酒の株を譲れと、脅しまがいのことを言うてきた。むろん、わしは相手にもしなかった。考えてもみよ、二百年以上も音沙汰のない本家と分家にそのような約定があったかないか、だれが知る。また、あったとしても、分家当代のわしにはそのような脅しに応ずる気はさらさらない。三河からおよそ六、七通の脅しをもろうたかのう、今からひと月も前に、江戸入りいたし強行策に打って出るとの書状を受け取った。倅らが此度の神隠しのような所業に遭うたのは、分家の蔦村三郎助と一族の者の仕業だ」

「倅どのらが行方を絶たれた後に、なんぞ本家から連絡《つなぎ》はござったか」

「あった。倅らの命が惜しくば、拝領屋敷の譲渡約束状と下り酒商いの株を持参して、三人の身柄を受け取れとの文が、わしの寝間にいつの間にやら置いてあった」

「なにか答えられたか」

「倅らが消えた場所にて、倅ら三人の身柄と約束の書状の交換をしたい旨の文を寝間に残すと、いつの間にやら文が消えておった」

頷いた小籐次は、拵えを戻した長谷部國信の短刀を染左衛門に戻すと、小舟の舫い綱を外し、亥の口橋下から出した。

染左衛門は話し疲れたか、黙り込んだ。

小籐次は永代寺の北側の堀に小舟を入れて、東に舳先を向けた。

「染左衛門どの、なぜそれがしを雇う気になられた」

「この界隈でのそなたの評判、逐一承知しておる。そなたの腕と人物を見込んでのことだ」

「それだけかな」

ふーうっ
と染左衛門が息を一つ吐き、

「腹具合はどうだ」

と話柄を変えた。

「最前まで腹の虫が鳴っておったが、もはや忘れた」

「そなた、酔いどれ小籐次の異名を持つほどに大酒飲みじゃそうな」

「それがなんぞ此度のことと関わりがあるか」

「格別にない」

「ならば肚にあることを吐き出せ」

「ふーむ」

「そなたの先祖は忍びではないか」

「よう分かったのう」

「倅どのら三人を料理茶屋の座敷から気配も感じさせずに勾引したり、そなたの寝間に忍び込んで文を置き、文を持ち去る。そなたの奉公人の中に本家の手の者が入り込んでおるか、忍びの技を使って屋敷に出入りしたか、二つに一つであろう」

「赤目小籐次、ますます食えぬ爺様よ」

「十二代三河蔦屋染左衛門どのほどではないわ」

ふっふっふ

と含み笑いした染左衛門が、

「いかにも蔦村一族、戦国時代より忍びの技を以《もっ》て大名諸侯に仕えた一族でな。われら分家は、江戸に出てその業前を忘れてしもうた。じゃが、本家は伊賀蔦村流の技を伝承してきたと思える。当代の蔦村三郎助は、長巻の名手じゃそうな」

「三郎助の下に何人の手下がおると思えばよい」

「三人か、多くて五人と見た」

と染左衛門にはなんぞ推量があるのか、そう断じた。

小舟は富岡八幡宮の東に回り込み、二軒茶屋松川の裏手に着けた。

「松川もそなたの得意先か」

「残念ながらかような大店には声をかけてももらえぬ」

ふっふっふ
と笑った染左衛門が小舟から船着場に飛んだ。

半刻後、小籐次と染左衛門は二軒茶屋の一、松川の離れ屋の座敷の四周を開け放ち、二人だけで膳を前にしていた。

秋の日が西に傾き、釣瓶落としに宵闇を迎えた。

二人の傍らには四斗樽が置かれ、染左衛門は白磁の杯で、小籐次は大井で酒を楽しんでいた。

もはや二人の間に会話はない。

ないが、退屈することもなければ、お互いが考えていることをなんとなく察することができた。

五つ、四つ（午後八時、十時）と時間が流れ、秋の夜長がゆるゆると更けていく。

この二軒茶屋の松川は、ひょっとしたら三河蔦屋の持ち物かと小籐次が推量したとき、子（十二時）の刻の時鐘が富岡八幡宮の二軒茶屋に伝わってきた。

ふうっ
と人の気配が松川の離れ座敷を取り巻いた。だが、姿を見せる様子はない。

「酔いどれどのや、そなたがしたたかに酒を飲んだ量はどれほどかのう」

「柳橋の万八楼で大酒の会がござってな。三升入りの塗杯で五杯飲んで酔い潰れた」

「一斗五升か、途方もないわ。今宵など飲まぬに等しいか」

染左衛門が四斗樽の傍らに用意されていた三升入りの銀杯に半分ほど酒を注ぎ、自ら口を付けると、

「飲み残しじゃがどうだな」

と小籐次に差し出した。

「時刻もよし、最後に頂戴しようか」

両手で銀杯を受け取った小籐次は、悠然と杯を口に近付け、最後には口を添えるように寄せた。

「この香が堪《たま》らぬな」

と呟いた小籐次の両手の大杯が傾いて、喉がごくりごくりと鳴り、ついには顔が隠れるほどに立てられた。

ふうっ
と満足の吐息が小籐次の口から洩れて銀杯が外された。すると続きの間に人影が、
ぼおっ
と浮かび、染左衛門が、

「藤四郎、佐保、小太郎」

と名を呼んだ。

だが、正座した三人は顔を伏せ、術でも掛けられているのか、身動き一つしなかった。

「蔦村三郎助はおるか」

と染左衛門が呼んだ。

「いかにも最前から参上しておる」

と離れの縁側に梨子打兜《なしうちかぶと》をかぶり、長巻を立てた人影が座している姿が浮かんだ。

「分家、約定の書付二通、持参しておろうな」

「なんのことか」

と染左衛門がとぼけた。

「なんのことかとは知れたこと」

「その前に、そなたがわが先祖の血族蔦村三郎助かどうか、証《あかし》を立てよ」

「江戸に出て十二代、もうろく致したか。わが一族が一族たる証は、伊賀蔦村流の腕前よ」

と立てた長巻をとーんと廊下の床に響かせた。すると離れ屋を囲むように数人の忍びが姿を見せた。

「蔦村三郎助、そなたの申しこし、江戸の三河蔦屋では断ることに決めた」

「なにっ、三人の命を捨てる気か」

と蔦村三郎助が怒号したとき、小籐次が次直を手に、三人が正座する前にするすると身を移して座した。

「こやつ、何者じゃ」

「本家、酔いどれ小籐次こと赤目小籐次の名を知らぬか」

と染左衛門が片膝を立てた蔦村に問うた。

「酔いどれじゃと。酒に目がないようじゃが、そのような爺侍を雇うてなんとする」

「下忍は技前もさることながら、情報をいち早く得るのが、敵を制する最大の防御にして攻撃策ではなかったか」

「吐《ぬ》かせ」

と武者草鞋《むしゃわらじ》の蔦村三郎助が縁側に立ち上がった。

小籐次も、虚空に魂を飛ばした三人を背後にして、立ち上がった。そして、次直を腰帯に戻した。

「親方」

と庭先の手先らが蔦村に声をかけた。

「爺様一人、そなたらの手を借りることもあるまい」

と梨子打兜をかぶった蔦村が、ひょいと頭を下げて縁側廊下と座敷の鴨居《かもい》を潜った。

その様子を見ていた小籐次が、

「来島水軍流、一手披露致す」

と勝負を宣告し、次直を抜いた。

「来島水軍流とな」

「承知か」

「戦国往来の武芸、伝承されておったか」

「伊賀蔦村流の業前と来島水軍流、時代に取り残された武術の勝負か」

小籐次の呟きに、蔦村三郎助の長巻がぶるんぶるんと胸の前で振るわれ、空気を揺らした。

だが、正気を失くした三人が目覚める様子は全くない。

正眼に構えていた次直が左脇構えに移された。

小籐次の眼前で煌めく反りの強い長巻の切っ先が時折、小籐次の胸元に伸びてきた。

小籐次はただ長巻の動きの間を測っていた。

「一、二と三、一、二と三」

蔦村三郎助が踏み込みざまに長巻の切っ先で小籐次の右腰を掬《すく》い上げるように斬り込んだ。

その瞬間、小籐次の小さな体がするすると蔦村の長巻の反りの強い刃の内側に入り込み、一瞬早く脇腹から胸部を斬り回すと、蔦村三郎助の体を庭先まで吹き飛ばした。

ぎえええっ！

凄まじい絶叫が二軒茶屋松川の離れに響いた。

一瞬の早業にその場の者は声もない。

「来島水軍流流れ胴斬り」

小籐次の呟く宣告の声に、藤四郎らが意識を取り戻し、

「これはしくじった。親子三人して松川の料理を食い過ぎたか、酒に酔うたか、居眠りが過ぎましたぞ」

という声が離れ座敷に響いて消えた。

第五章　不酔庵の茶会

一

美造親方の道具を蛤町裏河岸に舫った小舟で研いでいると、仕込みを終えた親方が顔を覗かせた。

「昼前には研ぎ上がるでな」

「そんなことはどうでもいいや」

「おや、道具の研ぎは要らぬと申されるか」

「そうではない。惣名主の三河蔦屋の一件だよ。おれがどうなったと尋ねても、赤目様はうやむやな返答を繰り返すばかりでよ。大旦那や大番頭に会ったとき、どんな挨拶をすればいいのか困るじゃないか」

「あの一件なれば、事は終わった」

「事は終わったって、一体全体どう終わったんだ」

「だから、終わったのだ。仔細が知りたければ、大旦那に聞いて下され」

「相手は深川の惣名主だぜ。お目にかかるんだって十年に一度あるかなしかのお方に、そんなこと訊けるものか」

「ならば忘れることだ。それが一番いいでな」

「おれは口利きだけか。どうも気持ちが落ち着かないや」

と美造親方が粘った。

二人の会話を聞いていたうづが、

「親方、三河蔦屋様が赤目様に願ったということは、よほど内々のことだったのよ。惣名主の屋敷では外に洩れることを恐れて、赤目様にも固く口止めなされたんだわ、きっと。だから聞き出そうたって無理な話なのよ」

「うづさんはそうは言うが、なんだか中途半端な気分だぜ」

と美造はぼやいた。

小籐次は、美造の気持ちも分からぬではないと思ったが、三河蔦屋の十二代目の大旦那染左衛門との約定がある以上、口にはできぬことと心に固く決めていた。

あの夜、二軒茶屋の松川の離れ座敷で、本家の蔦村三郎助を流れ胴斬りの秘剣で斃《たお》した小籐次は、三郎助の手下どもに、

「三郎助どのの亡骸を護持して三河に戻れ」

と命じた。

眼前で赤目小籐次の必殺技を見せ付けられた手下どもは、もはや抵抗する気持ちなど霧散して、がくがくと頷き、三郎助の骸を抱えて松川から姿を消した。

「おや、親父様も松川に来ておられましたか」

と正気に返った倅の藤四郎が、まどろっこしい口調で気だるく染左衛門に訊いたものだ。

深川惣名主は、

「藤四郎、佐保、小太郎、屋敷に戻りますぞ」

とその問いには答えず命じた。

「大旦那どの、いささか小さいが、それがしの仕事舟で屋敷まで送ろう」

うむ、と染左衛門が答えて、三河蔦屋の家族四人を小舟に乗せた小籐次は、屋敷まで送り届けた。

「それがしはこれにて失礼致す」

と門口で踵《きびす》を返す小籐次に、

「後始末に数日要しよう。その後で挨拶に伺う」

「無用に願おう」

「なにっ、礼は無用と申すか」

「それがし、日頃から世話になる竹藪蕎麦の美造親方の頼みゆえ動いただけのこと。礼を申されるなれば美造親方に願おう」

「いや、私どもの危難を救うたのは赤目小籐次、そなただ」

と染左衛門が言い張った。

「ともあれ、この一件、それがしの肚に仕舞うて、だれにも口外はせぬ」

と言い残すと、亥の口橋に舫った小舟に乗り、夜の大川渡りを行った。


「うづどのの申されるとおり、それがしからなんぞ聞き出すのは諦めなされ。なんぞあれば三河蔦屋から親方の下に挨拶があろう」

と小籐次はこの話を打ち切った。

「そうか、なんだか釈然としないがな」

と美造親方が船着場から立ち去った。

研ぎは昼前に終わった。

「うづどの、これより仕事場所を向こう岸に移す。美造親方の道具はこのとおり研いでおる」

「なら私が預かって届けておくわ。最前の問答が繰り返されても、赤目様は迷惑でしょう」

「そうしてもらえるか」

と願った小籐次は、小舟の舫い綱を解いて浅草駒形堂へと向かった。


金竜山浅草寺御用達の畳職備前屋《びぜんや》の店頭で、隠居の梅五郎と久しぶりに野分の話などをしながら研ぎをさせてもらった。わずか半日仕事だ。備前屋の仕事すら中途半端に終わった。

すると梅五郎が、

「赤目様、明日は朝一番でこっちに来るんだぜ。わずか半日顔を出されて、はい、さようならじゃあ、どうも間尺に合わないよ。そうだ、研ぎ道具をうちに預かっておこう」

と、小籐次が商売道具の砥石類を入れた桶を、自らさっさと備前屋の土間の奥に運んでいった。

「隠居様にそのような気遣いをさせて申し訳ござらぬな」

「これでさ、明日は身軽に舟を漕いでこられるぜ」

と二人の会話を聞いていた当代親方神太郎が、

「親父ときたら、無体にも人質代わりに赤目様の道具を押さえたぜ」

と苦笑いした。

「なにが無体だ。親切ってもんじゃねえか」

「そんな押しつけがましい親切があるものか」

父子が言い合うのを見て、小籐次はあることが浮かんだ。

「隠居、神太郎さん、こちらでは畳替えに川向こうまで行かれることもござるか」

小籐次は「望外川荘」の畳が少し日に焼けていたことを思い出したのだ。

「本所深川か、ないこともないよ。古い得意先が何軒かあるでな。畳替えを頼まれなすったか」

「長命寺裏じゃが」

「須崎村かえ。あの界隈は、江戸の茶人や分限者の御寮や別邸があるばかりだぜ」

「その一軒と思うてくれ」

「酔いどれ様の得意先があのような場所にあったか。ははあん、久慈屋の別邸だな」

「久慈屋どのに関わりがないこともないが、いささか事情が違う」

と小籐次は、御寮「望外川荘」について語った。

「待てよ、あの池の北側には、泉水に離れの茶室が突き出た凝った御寮があったが、ありゃ旗本秋本信濃守《しなののかみ》様の別邸じゃなかったか」

「親父、秋本様の屋敷の話はなしだ。なんでも御城でしくじりなさって御役ご免になったそうな。おそらくそんなわけであの屋敷を手放したんだぜ」

と神太郎が梅五郎の口を塞《ふさ》いだ。

「なに、元の屋敷の主は、こちらで畳を誂えておったか。おそらくその屋敷であろう」

「なんと、赤目様の知り合いが家主になられましたかえ」

と梅五郎が感心し、

「神太郎、あの屋敷の畳替えは五、六年前が最後だな」

「いかにも、そのくらいの年月は経っていよう」

と神太郎が答え、隠居の梅五郎が、

「赤目様の知り合いとあっちゃ、是非うちにやらしてくんな。きっとお客様の気に入るような畳を誂えるからよ」

と願った。

「事情を承知の備前屋どのが受けてくれるのは、なによりのことじゃ。だがな、隠居、親方、いささか相談がござる」

「なんだい、相談たあ」

「新しい主どのは女性《にょしょう》にござってな」

と小籐次が北村おりょうの住居だと説明した。

「なにっ、市村座に岩井半四郎丈の新作興行を一緒に見物に行った女性が独り住まいだと。そりゃ、あの秋本旧邸では大きくねえかねえ」

「門弟を募って歌の催しも開かれることになろう。大きなことにこしたことはあるまい。男ばかりが宗匠の歌壇に、北村おりょう様が打って出られるのでござるよ。それなりの道具立てがござらぬとな」

「おりょう様の実家はそれほどの大身か」

「御歌学者の家系で百七十石じゃが」

「百七十石だと、あの屋敷を買うのも持つのも大変じゃな。おりょう様には分限者の後見がついておられるか」

　と隠居の梅五郎の詮索《せんさく》は続いた。

「親父、大概にしねえか。北村おりょう様には歴《れっき》とした赤目小籐次様がついておられるじゃないか」

「神太郎、そうは言うが、酔いどれ様はしがねえ研ぎ屋だぜ」

「代わりに、赤目様の後ろには久慈屋様や水戸様が控えておられるんだよ。親父が案じることなどなにもねえよ」

「そうかな。だけど一体全体なんでよ、こんな話になったんだ」

と梅五郎が小首を傾げた。

「年寄りはこれだから困りものだぜ。畳替えの話だろ」

と神太郎が小籐次を見た。

「そういうわけにござってな、女主ゆえ、末長く面倒を見てほしいのだ。まずはだいぶ畳表が陽に焼けておったでな、替えてもらえぬか」

「よし、請け合った。明日にも様子を見に行こうか」

「ならば、おりょう様にお断りしておこう」

と梅五郎と小籐次の間で話が付いた。


小籐次が小舟を新兵衛長屋の堀留の石垣に寄せると勝五郎が、

「酔いどれの旦那よ、久慈屋の小僧が何度も、赤目の旦那のお戻りはと様子を見に来たぜ。急用らしいから、その足で久慈屋に行きねえな」

と言った。

「駿太郎の顔を見ることもなく追い立てられるとはな」

「駿ちゃんは新兵衛さんとこの子になったよ、案ずることはねえ。さあ、舳先を戻した、戻した」

と勝五郎にせっつかれて小舟を堀留で巡らし、久慈屋に向かった。

「あっ、赤目様が来た、来た」

と小僧の梅吉が河岸道から声を張り上げ、大番頭さん、と店に飛んで戻った。

「こりゃ、大事が出来《しゅったい》したか」

と小籐次が小舟で呟いた。久慈屋の船着場には荷運び頭の喜多造や人足がいたが、喜多造が小舟の舳先を受け止めながら、

「赤目様、まあ、慌て騒ぐ話じゃねえと思いますよ」

と笑いかけた。

「ならばよいが」

「わっしらが舟の始末はしておきます。まずは大番頭さんにお目にかかって下さいまし」

「ならば頭の言葉に甘えよう」

小籐次は小舟の舫い綱を喜多造に渡し、船着場から河岸道に上がった。このところの晴れ模様で東海道の路面もすっかり乾いたか、夕風に馬糞《ばふん》混じりの土埃《つちぼこり》が立っていた。

「お呼びだそうじゃが」

と店仕舞いの最中の帳場格子に声を掛けると、

「待っておりました」

と観右衛門が立ち上がった。どうやら小籐次を奥に案内する様子だ。

「仕事着のなりじゃが、かまわぬかのう」

「奥でお待ちなのは、旦那様とお内儀様だけです」

その言葉を聞いた小籐次は、久慈屋の広土間の端から奥へと続く三和土廊下から久慈屋の内玄関を抜け、台所に行った。するとおまつが、

「最前から大番頭さんが落ち着きないと思ったら、赤目様のご登場かね」

とこちらも笑った。

「おまつさん、仕事帰りじゃで、手足くらい井戸端で清めていこう」

「ならば今、濯《すす》ぎ湯を桶で差し上げますよ。ちょうど湯が沸いたところだ」

おまつが女衆の一人に命じて桶に微温湯《ぬるまゆ》を用意させた。

「なにやら旅籠に着いた客のようじゃな」

小籐次は微温湯で顔を洗い、首筋を拭った後、足を清めてさっぱりした。

「もくず蟹の面は変えようがないでな」

と言いながら、乱れた髷を手で押さえて奥に通った。するとそこにはすでに大番頭の観右衛門がいて、小籐次を待ち受けていた。むろん昌右衛門も内儀もいた。

「どうなされました」

「まあ、悪い話ではございません。一刻も早くお知らせしたほうがよいかと、梅吉を何度も長屋に見に行かせました」

と観右衛門が説明し、昌右衛門が、

「深川から大金が届いております」

と床の間を差した。するとそこには、角樽と袱紗がかかった三方があった。

「赤目様、お心あたりはございましょうな」

と観右衛門が小籐次の顔を見た。

小籐次は黙っていた。

「いえね、深川惣名主の三河蔦屋染左衛門様ほど謎めいたお方もございませんでな。まずお顔を見るのが難しいお方でございますよ。そのお方が本日、うちに参られましてな」

と昌右衛門が言い出した。

「ほう」

「ほう、だけですかな、赤目様」

「と、申されても」

「染左衛門様に私と大番頭さんだけがお目にかかり、床の間の贈り物を預かりました」

「預かったとは、それがしにでござるか」

「赤目小籐次様でなくて、どなたにこのようなものが届きますな」

と観右衛門が問い返した。

「ともかく三河蔦屋の主様が申されるには、十三代目と十四代目になるべき後継ぎの命を赤目小籐次様がお助け下さった。当人は礼など無用と申されたが、それでは三河蔦屋の気持ちがすまぬ。些少《さしょう》じゃがと、お酒が好きな赤目様に角樽と二百両の小判を預かってございます」

「昌右衛門様、法外な。そのような働きをした覚えはござらぬ。酒だけ頂戴致す」

「と断られると考えられて、染左衛門様はうちに見えたのです」

と昌右衛門が答え、

「考えても下され。三河蔦屋の後継ぎがなくば、深川惣名主の家系も途絶えます。それを思えば、二百両は安うございます」

と観右衛門が言い切った。

「頂戴してよいのかのう」

「赤目様、金が金を呼ぶとはこのことですな。有難く頂戴なされませ」

「よいのかのう」

とそれでも小籐次は繰り返した。

「染左衛門様は一夜、天下の酔いどれ小籐次と酒を酌み交わしたことがなにより嬉しかったと申されておられましたぞ」

「いかにもそれがし、酒を飲んでいただけのことにござる」

「それがすでに赤目小籐次様の芸にございますよ」

と観右衛門が言い、旦那様、と昌右衛門を促した。

「赤目様が頂戴された金子の使い道をな、大番頭さんと勝手に考えました」

と昌右衛門が言った。

「もし、それがしの金子ならば、当然こちらに借財の返納の一部に充てたいものにござる」

「そこです」

「なんぞ、他に使い道がございますか」

「これまで五十両、百両と、都合百五十両を須崎村の御寮の購入費用に預かっておりますな」

「それでもまだ元金だけで三百何十両も残ってございます」

「あの三方の二百両を足せば三百五十両のお支払いになりますな」

「そうなりますか」

「そこでな、この三百五十両をそっくり久慈屋でお預かりして、大番頭さんに、確かな商いの資金に運用してもらいます。するとそこから利が上がります。その利を貯めていけば、ただ金を積むよりは返金が早うございます。どうです、そうなされませぬか。なあに、大番頭さんに任せておけば、完済の知らせが遠からず届きますよ」

「そのようなこと、お願いしてよろしいのでござるか」

と小籐次は頭を下げるしかない。

「赤目様、深川で仕事をなさる上で三河蔦屋様と知り合ったのは、三方の金子より大きゅうございますよ」

と昌右衛門が言い切った。

「今宵呼ばれたのは、よい機会であった」

と前置きした小籐次は、望外川荘の畳替えを備前屋に願ったことを告げた。

「そうそう、いくら凝った造りとはいえ、このところ人の住まいがなかった御寮です。手入れが要りますな」

「畳を備前屋様が受けて下さるのであれば、大工、左官はうちの出入りを差し向けます。あとは北村おりょう様のお好みをお聞きしてお指図を頂戴すれば、すぐにも手配します」

と昌右衛門が請け合い、

「ならばこの一件、明朝にもおりょう様に伝えます」

と小籐次が応じて、内儀が、

「話も終わったご様子、膳を運ばせます」

とぽんぽんと手を叩いた。

二

数日後の昼下がり、小籐次は北村おりょうを小舟に乗せて須崎村の望外川荘を訪れた。

船着場には何艘もの猪牙舟やら仕事船がすでに舫われて、船頭衆が待機していた。そんな中に久慈屋の荷運び頭の喜多造の姿もあった。

「もうすでに皆さんお集まりにございますか」

とおりょうがそのことを気にした。

この日、おりょうが望外川荘に引っ越す前に手入れをどうなすか、久慈屋の大旦那の昌右衛門が総指揮をとり、大工職、経師屋、左官職、庭師、畳屋、桶屋などが集められた。

経師屋は小籐次の馴染みの安兵衛親方が、桶屋は当然のことながら万作と太郎吉の父子が引き受けてくれた。

そんな親方衆がすでに荘と呼ぶには大きな母屋に顔を揃えていた。

小籐次がおりょうを伴い、母屋に向かうと、縁側の前にいた親方衆がおりょうを見て息を呑んだ。

「おりょう様、ようおいでになられましたな」

と久慈屋の昌右衛門が声をかけた。

この中でおりょうを知る者は、小籐次を除けば久慈屋昌右衛門しかいなかった。

「皆の衆、この望外川荘の主になられる北村おりょう様です」

と昌右衛門が親方らに紹介した。

「ふーむ、おっ魂消たぜ。過日の読売でおりょう様が美形の主とは知っておったがよ、まさかこれほどまでのお方とは。案内役の赤目小籐次様とは、なんとも不釣り合いなようで、そうでもないような」

と倅の神太郎に強引に従ってきた隠居の梅五郎が、なんとも意味不明な言葉を吐いた。小籐次が、

「おりょう様、ここにおられる親方衆は、それがしが日頃から世話になるお方ばかりにございましてな。おりょう様のためならと一肌脱いで下さる方々です」

と紹介した。

「北村おりょうにございます。此度は無理を申しました。よしなにお願い申します」

とおりょうも丁寧に腰を折って頭を下げた。

生来の美貌が水野家の奉公で磨かれ、その上に貫禄を加えていた。

海千山千の男どもも圧倒されて黙っているしかない。

「久慈屋の大旦那、わっしらの仕事は急ぎにございますかな」

気を取り直し、一同を代表して南大坂町の冬八が訊いた。

冬八は江戸でも名高い大工の棟梁《とうりょう》で久慈屋の出入りだ。

「皆さん、忙しい親方衆とは承知していますがな、おりょう様が快く引っ越しをなされるためには、万全な仕上げで、かつ普請の日限はできるだけ短くな」

「仕上げは万全、普請は短くね」

久慈屋の大旦那の注文に冬八が呻いた。

「ううーん、そいつは難儀な注文だね。しかしここで、はい、と言えねえようじゃ、江戸の職人じゃねえ」

と思わず梅五郎が腕組みして呟き、

「まるで親父が一人で仕事をするようじゃないか」

と神太郎に突っ込まれた。梅五郎は、

「馬鹿野郎。施主のおりょう様の後見が赤目小籐次様、総普請奉行が久慈屋の大旦那ときたら、わっしらの側でもそれなりに応対できる人間がいるというもんじゃねえか」

「それが親父というのか」

「神太郎、文句あるか。こんなありがてえ手入れは滅多にあるものじゃねえ。金竜山浅草寺御用達の備前屋梅五郎が現場で睨みを利かせて、普請をとどこおりなく終わらせてみせましょうかね、久慈屋の大旦那」

梅五郎が昌右衛門に約束した。

「そりゃ、江戸の畳職の長老備前屋の梅五郎さんが陣頭指揮なされば、なんの破綻もございますまい。ねえ、皆さん」

と昌右衛門が口を利いた。さすがの南大坂町の冬八にしても、備前屋の隠居なら致し方ないという顔をしていた。

「久慈屋の大旦那、お歴々を前にちょいとわっしが出しゃばったには、理由《わけ》がございましてな」

「ほう、どんなことですな」

「この建物、木組みの名人にして茶室を建てさせたら右に出るものがいないと評判の、京は嵐山の土佐金親方の手になるものにございますよ」

と新築の時に畳を入れたという梅五郎が知識を披露した。

「ご隠居、そうですってね。私も承知していましたが、江戸の人々に京の土佐金親方と言っても致し方ないかと黙っておりました。隠居は土佐金と一緒に仕事をしたわけですな」

土佐金の異名は、土佐国中村の出で本名が金五郎からきているとか。京で十二歳から修業して、後年、名人の名を恣《ほしいまま》にした棟梁だ。

「いかにもやらせてもらいました。京のお人ゆえ、物腰は柔らこうございましたが、こと仕事となると、難しい注文の連続でございましてな。わっしなどだいぶ泣かされた口ですよ」

「ご隠居がこの望外川荘の新築に携わり、土佐金と仕事をしたとなると、普請奉行は決まったようなものだ。お願い申します」

「へえ、数年前、京から土佐金親方の訃報が届き、無性に哀しくて涙を零したことを覚えておりますよ」

「となると、土佐金が江戸で残したただ一つの茶室と屋敷になりますかな」

「久慈屋の大旦那、そういうこってす」

と応じた梅五郎が集まった親方を一睨みした。

「皆さんも宜しゅうございますな」

普段、親方と奉られている面々も、芝口橋の紙問屋久慈屋の当代と浅草駒形町の畳屋備前屋の隠居に睨まれては従うしかない。

なにより、京の大名人土佐金が手掛けた普請だ。親方衆としてはなんとしても仕事がしてみたい建物だった。

ふうっ、と神太郎が溜息をついて、

「親父が現場まで姿を見せるのか。やり難いったらありゃしねえ」

とぼやいた。

他の親方連は、京の土佐金の仕事に自分たちが手を入れると聞いて急に緊張したり、張り切ったりした。

ともかくそれでも施主がおりょうだ。

「ご一緒に見て回りましょうかな」

昌右衛門の言葉で、一同は和気藹藹《わきあいあい》と望外川荘の内外を見て回り、おりょうが住んで不都合のないような下相談がなされた。

そんな下相談もひと段落ついたころ、小籐次は万作と太郎吉親子、安兵衛親方の三人を改めておりょうと引き合わせた。するとおりょうが、

「日頃、赤目小籐次様には親しく世話になっております。赤目様と同じようにお付き合いをお願い申します」

と頭を下げた。

「いえ、そのあの」

と万作親方が赤面して意味不明な言葉を返した。

「おりょう様、万作親方と太郎吉どのが、この庵で使う桶一式を誂えて下さるそうな。なんぞ注文がございますか」

と小籐次が訊いた。

「注文など、私にはございません」

と答えるおりょうように万作が、

「おりょう様、立派な檜《ひのき》の湯船にございますが、長いこと水を張ってなかったとみえて、だいぶ箍が緩んでおります。まず湯船から手を入れとうございますが、宜しゅうございますか」

と願った。

「万作親方のよろしいように願います」

「なにしろ土佐金の名は、わっしらの世界では神様のようなお人。その普請の手入れに加わらせて頂くのは職人冥利《みょうり》だ」

と安兵衛親方もいささか興奮気味だ。

庭師は庭師、左官は左官で見て回り、それぞれの見積もりを久慈屋に届けることになった。

夕暮れ前、望外川荘に残ったのは昌右衛門、小籐次におりょうの三人だ。

「久慈屋様のお力で、私が住むには勿体《もったい》ない手入れがされます。なんとお礼を申してよいか」

「いえね、土佐金の手になる家作をただの成り上がり者に住まわせるのは、江戸の人間の沽《こ》券《けん》に関わりましょう。おりょう様というお方にお引き渡しできて、私も肩の荷がおりました」

と昌右衛門もほっとした表情をしていた。

三人の眼前で浅草川の景色が刻々と変わっていき、見飽きることはない。

おりょうも陶然として、ただ須崎村の暮色に眼差しを預けていた。

「昌右衛門様、おりょう様、そろそろ引き上げる刻限にございます。それがし、留守番の爺やに戸締まりのことを願うてきます。船着場でお待ち下さい」

と言い残した小籐次は、二人の傍らを離れ、母屋の東側にある奉公人の小屋に向かった。

するとすると薄闇の中から、

「そんな無体な」

と抗《あらが》う爺やの百助の声がした。

「百助、そなたも殿にはこれまで世話になってきたであろうが。そなたにとって主はだれかとくと考えよ」

と応じた声が、

「また近々参る」

という声を残して、羽織の背が小屋を出て裏木戸に向かった。

小籐次は、百助が小屋から出てくる様子がないことを確かめて、裏木戸に忍んでいた。

木戸の外に四人の人影が待ち受けていて、羽織の武家と一緒に須崎村の闇に溶け込もうとした。

「お待ちなされ」

と小籐次が声をかけたのはそのときだ。

「何奴か」

「何奴かとは、いささか笑止な話かな。話の経緯では、この御寮の旧主に関わりのある方々と推察した。間違いござらぬな」

「爺、何者だ」

「このような場合、怪しげな側から名乗るのが礼儀じゃぞ」

と呟いた武家が、裏木戸に待たせていた仲間を見た。

小籐次は、羽織を着た人間だけがこの屋敷の旧主秋本の家臣で、残りは不逞の浪人剣客と推察した。

「石動《いするぎ》どの、こやつを始末するのも約定のうちか」

と剣客の頭分と思える大男が羽織に訊いた。

「名を呼ぶでない」

と叱った石動某が、

「色はつける」

と小籐次の前で新たな約束をした。

いよいよもって見逃すことのできない連中だった。

「もはやこの屋敷と秋本様とは関わりあるまい。なにをなそうというのだ」

「爺、この一件から手を引け。それが、そなたのためだ」

「石動どの、いささか怪しげなことにござるな。もはや秋本様がこの屋敷をどうしようというのか。無理無体の話なれば、町方や目付筋に相談せねばなるまい」

「おのれ、小賢しい口を利きおって」

「おのれ」

石動が後ろに下がり、頼もう、と剣客どもに願った。

「よし」

と四人が一斉に刀を抜き連れた。

「愚か者どもが。そなたら相手に刀を振り回すこともあるまいて。しばし待て」

と小籐次は裏木戸に引っ込むと、内側に立てかけてあった心張り棒を手に四人の前に戻ってきた。

「待たせたな」

「おのれ、われらを甘く見おったな。爺、あとで後悔しても知らぬぞ」

「心遣い無用に願おう」

小籐次を四人が半円に囲んだ。

頭分は小籐次から見て右から二番目の位置を占めていた。

小籐次は左端のひょろりとした剣客に心張り棒の先端を突き付け、
ひょいひょい
と相手を吊り出すように上下させた。

「死ね！」

と叫んだ相手が、小籐次の肩口に八双に構えた剣を落としてきた。

その瞬間、小籐次は右から二番目の頭分の前に飛んでいた。心張り棒が閃き、意表を衝いた攻撃に慌てる頭分の肩を叩いて、

ぐしゃり

と不気味な音を響かせ肩の骨を砕いた。

ううっ!

と刀を手から零した頭分がその場に尻餅を突いた瞬間には、右端の相手の胴をしたたかに心張り棒で殴り付けていた。

くるり

と反転した小籐次は、残る二人に心張り棒を向けた。

「爺、名を名乗れ」

八双を外されたひょろり侍が叫んでいた。

「おまえさん方が束にかかっても敵う相手じゃございませんよ」

裏木戸から久慈屋の荷運び頭の喜多造が姿を見せて言った。余りに小籐次の戻りが遅くて様子を見に来たのだろう。

「なにっ」

石動が、ごくりと唾を呑む音を薄闇に響かせた。

「江都に名高い酔いどれ小籐次こと赤目小籐次様でございますよ。天下御免、御鑓拝借の赤目様相手に刀を抜くのは、無茶な話と思うがね」

喜多造の声はあくまで長閑《のどか》だ。

「赤目小籐次じゃと、相手が悪過ぎる」

と四人目の剣客が自ら刀を引いた。

「それが利口でございますよ。怪我したお仲間を連れて引き上げなせえ」

と喜多造が小籐次に代わって言うと、ひょろり侍と四番目が、倒れた仲間二人の腕をとって裏木戸前から姿を消した。

「石動どの、どうなさるな」

呆然としていた石動が小籐次の問いかけに、
ううう
と唸った。

「秋本様はなにを考えておられる」

「なにを言うか」

と狼狽《ろうばい》の様子の石動が不意に身を翻して闇に姿を溶け込ませた。

「なにがございましたので」

「よう分からぬ」

と答えた小籐次は、

「大旦那様とおりょう様は船着場じゃな。待たせてしもうた」

小籐次と喜多造は急ぎ池に突き出た船着場に戻った。猪牙舟はすでに舳先に明かりを灯して仕度を終えていた。

「おりょう様、昌右衛門様、それがし、こちらに残ろうかと思います」

と前置きして、騒ぎを語った。

「なんと、秋本様の家来が不逞の浪人を従えてな」

「昌右衛門様、いささか言動が気になります。おりょう様を大和横丁まで送って頂くわけには参りませぬか」

と小籐次が願った。

「それは構いませんがな」

「おりょう様の引っ越し前になにがあってもいけませぬでな」

喜多造の猪牙舟に昌右衛門とおりょうが同船し、小籐次の小舟は船着場に残すことになった。

「赤目様、芝口橋に戻りましたら、浩介らに供をさせまして、おりょう様を間違いなく水野様のお屋敷に送り届けますでな。ご安心を」

「お願い申します」

と頭を下げる小籐次におりょうが、

「赤目様、造作をかけます」

と詫びた。

「赤目様、直ぐに難波橋の秀次親分に頼んで秋本様のご身辺を探らせます。もし町方の手に負えぬときは、御目付だろうが大目付だろうが動かしますでな。決して無法は許しませんぞ」

と昌右衛門が怒りを含んだ声で答えた。

「赤目様、一晩ご辛抱下せえよ」

と喜多造が言い残し、猪牙舟は須崎村望外川荘の船着場を離れて、月明かりに光る大川へと明かりを溶け込ませるように消えていった。

三

小籐次は秋本信濃守家以来の別邸の番人百助の小屋の戸を開くと、百助が、

ぎょっ
とした表情で見返した。

百助は小屋の隅で夕餉の仕度をしている様子で、竈《かまど》の薪《まき》の火が百助の恐怖の顔を照らし出した。

「驚かんでよい。石動ではないでな」

百助の顔が固まった。

「いささかあやつらのことが気になったでな。裏木戸で問い質した」

小籐次は小屋を見回した。

土間が三畳ほど板の間が四畳ほどの広さか。百助はこの小屋で独り暮らしを続けてきたようだ。

小籐次は次直を抜くと板の間の上がり框に腰を下ろし、

「百助さんや、酒があれば少し頂戴できぬか」

と願った。

すると竈の前から立ち上がった百助が、板の間の端にあった貧乏徳利を腕に抱えて小籐次に差し出した。

「茶碗を二つもらおう」

貧乏徳利を受け取った小籐次は、次直を傍らに置いた。

百助が黙り込んだまま縁の欠けた茶碗を二つ持ってきた。

「竈の火はここからでも見えよう。それがしと付き合うてくれぬか。明日にはそれがしが酒を買うでな」

「菜などねえ」

「酒があればよい」

と答えた小籐次は二つの茶碗に七分目ほど酒を注ぎ、一つを百助に渡した。

「まあ、飲め」

小籐次が勧めたが、百助は茶碗を持ったままだ。

「それがしは遠慮のう頂戴するぞ」

小籐次は茶碗酒を口に付けて、おお、こりゃたまらぬ、と正直な気持ちを言葉にすると、くいくいっと飲み干した。

「甘露であった」

小籐次は空の茶碗を上がり框に置くと、

「そなた、秋本家以来の奉公人じゃが、此度、北村おりょう様が新しい主となられる。そなた、奉公を続けたいか、それともこれを機に辞する存念か」

百助が顔を上げて小籐次を見た。そして、手にした茶碗酒を一息に飲んだ。

「行くとこがねえだ」

「勤めたいのじゃな。ならば話をしておこうか。もはやこの御寮は秋本様のものではない。芝口橋の紙問屋久慈屋様の手を経て北村おりょう様の名義になっておる。そなたの主は北村おりょう様じゃ、分かるな」

「へえ」

「最前、それがしはこの番小屋を訪ねようとした。そこで石動がそなたに無理な頼みと思える言葉が耳に入った。そなた、嫌がっていたようだが、なにを頼まれたな。正直に答えよ。答え次第では新しい主様への奉公の証になろう」

「わっしが喋れば、この小屋に住み続けられるかね」

「そういうことじゃ」

小籐次は空になった茶碗に酒を注いだ。

「この酒がそなたとそれがしのかための杯となるかどうか、そなたの気持ち次第」

「石動の旦那は、秋本の殿様がこの別宅に未だ未錬があると言ってきただ。新しい主が女と知ってのことだ。夜になってあれこれ手を変えて脅せば、その内に逃げ出そう。駄目ならば火を付ける。その手伝いをせよと迫られただ。おりゃ駄目だと断ったが、用人様はなかなか聞き入れてくれねえだ」

「石動は秋本家の用人か」

「へえ、代々の用人様だ。先代の殿様も用人様も肚の据わったお方じゃったが、当代様になって家が傾いただ」

「御城で失態があったとか、役目を辞したそうじゃな」

　へえ、と百助が目をしばたかせた。

「秋本家は三千百五十石、出火之節見廻役じゃった。じゃが過年、御城で火が出たとき、殿様は屋敷で酒を飲んで酔いくらい登城できなかっただ。それを咎《とが》められて、役目を解かれただよ。それがケチのつき始めで、先代が京都町奉行所を務め上げられた後に、この別宅を新築なされたんだが、これも手放すことになりましたのじゃ」

　この屋敷の棟梁を務めた土佐金とは、先代が京都町奉行時代の知り合いかと、小籐次は得心した。

「当代はおいくつか」

「三十八か、九と思うたが、酒のせいで年寄りに見えるだ。酒乱の癖があって、この別宅に来たときなど、大酒飲んで刀を振りまわし、お女中衆や家来を傷つけたことは一再ではなかっただ」

「困ったお方よのう」

「順道様は、幼い折は愛らしくも賢い若様じゃったがな。七つの時におっ母様が亡くなられて先代が新しい奥方様を迎えられてから、なにやら根性がねじ曲がっただ」

「およそのことは分かった」

と応じた小籐次は茶碗酒を飲むと、

「此度の一件、秋本順道様の命じゃな」

「間近いねえだ。そうでなければ、石動の旦那がわざわざ須崎村まで訪ねてくるものか」

「本気と思うか」

「近頃の殿様は尋常ではねえ。その上にしつこいでな。火付けをするといったら本気じゃろうと思う。そんな無体が許される筈もねえのにのう」

と百助が困惑の体を見せた。

「よかろう。今宵からこの望外川荘にそれがしが泊まり込む」

「おまえ様一人でどうなるものか。殿様は柳生新陰流の遣い手じゃぞ。根性はねじ曲がったが、剣術修行だけは怠らなかったからな。なんでも、目録だか皆伝だかの腕前だ。だから、石動の旦那も家来衆も殿様の言うことを聞かざるをえないだ」

「相分かった。ところで、それがしに夕餉を馳走してくれぬか。明日になれば米、味噌、魚などを購うでな」

「雑炊じゃが、それでいいか」

「雑炊、大いに結構じゃな」

と舌舐《なめず》りした小籐次は、残った酒を飲みながら思案に落ちた。


その夜から小籐次は望外川荘に泊まり込むことにした。

最初の夜は、百助から秋本家が屋敷を引き揚げるときに置いていったという掛け布団を借り受けて、母屋の座敷に寝た。座敷が四つ、田の字に並んだ建屋は、広過ぎて江戸湾に漂う小舟で寝ているようで頼りなかった。

明け方、池の船着場に残った小舟に乗って新兵衛長屋に戻り、その足で浅草駒形町の備前屋に顔出しした。

「おや、いつもより遅い出にございますな。昨日の一件で寝るのが遅くなりましたかな」

と梅五郎が質した。

「ご隠居、そうではないのだ」

小籐次は昨夕に出遭った石動用人との経緯から、望外川荘に泊まったことなどを告げた。

「貧すれば鈍するとはこのことでございますな。先代の秋本順頼様は剛直にして清廉なお方、ご家来衆にも情けを以て遇する殿様らしい殿様でしたがな。順道様はいかんせんお心が弱い。その上、お酒に弱い」

「剣術は柳生新陰流の遣い手というではないか」

「殿様芸ですからね、どこまで本気にしていいか。家来の噂では十文字手槍の名手ということでございますよ」

「ご隠居は、川向こうの別邸の普請に関わったということは、本邸の出入りも許されておろうな」

「はい。下谷三筋町に本邸がございますよ。長年のお得意様を悪くは言いたくねえが、ここ二年以上、畳替えの注文だけはございますが、お代は溜まったままなんで」

「ご隠居、どうしたものかのう」

「他人様の持ち物に火付けなんぞしたら、譜代の直参旗本も取り潰し間違いなしですぜ。いくらなんでも聞き捨てなりませんな。わっしが一度、石動用人に面会し、殿様をお諫《いさ》めするよう願ってみましょうか。赤目様の後ろには御三家水戸様、いや、そればかりではない。たしか老中の青山様もおられましたな」

「一度だけご面会を許されただけじゃがな」

老中青山下野守《しもつけのかみ》忠裕とは、忠裕の女密偵おしんや家臣中田新八を介しての面談が許されていた。

「せいぜい是非を説いて、それで火付けの企てが止めばよし。黙って見逃がすこともできますまい」

と梅五郎が作業場から奥へ着替えに向かった。

「神太郎どの、ご隠居に厄介なことを押し付けたようじゃ。そなたから、無理はくれぐれもせんで下されと願うてくれまいか」

「親父は一旦言い出したら、だれの言葉も耳に入りませんや。まあ、長年のお得意様のことです。ひょっとしたらお聞き届けがあるかもしれません。親父にも役を振って下さいましな」

と神太郎が願った。

「本日はそれがし、三間町の鍛冶正の親方のところで一日仕事をしておる。夕刻前、立ち寄る」

と言い残すと、備前屋の店前から三間町に向かった。

その夕方、小籐次は備前屋を訪れると、神太郎と嫁のおふさが店前に思案顔で立っていた。

「親方、どうなされたな」

「赤目様、ちょいと様子がおかしいや。朝五つ半（午前九時）に秋本様のお屋敷に出かけたまま、親父が未だ戻らないんで」

「なにっ、すでに半日が過ぎておるではないか。秋本様からなんの使いもないか」

「へえ、若い職人を問い合わせにやったんですが、親父など訪ねてきたことはない、とけんもほろろの扱いだそうで」

「ご隠居がどこか立ち寄るなどとは考えもつかぬ。嫌な感じじゃな」

　小籐次は迂闊過ぎたかと思案にくれた。

「神太郎どの、それがし、老中青山様にこの一件願うてみようと思う。しばし時間をもらいたい」

　小籐次は言い残すと浅草駒形堂の船着場に戻り、小舟に乗ると、一気に神田川の柳橋から筋違御門に小舟を舫った。

　老中青山忠裕の上屋敷は筋違御門、里人に八辻原《やつじがはら》と呼ばれる広場の南西にあった。

　ちょうど表門が閉じられようとする刻限で、小籐次は門番に中田新八とおしんの名を出して面会を求めた。

「おお、そなたは御鑓拝借の赤目小籐次様でしたな」

と門番が小籐次のことを覚えていて、直ぐに玄関番の家臣に取り次いでくれた。小籐次が玄関先で待つまでもなく、青山忠裕の密偵中田新八とおしんが姿を見せた。

「お久しぶりにございますね、赤目様」

「近頃、赤目様の名はまた一段と高くなり、われらなど忘れてしまわれたかと思うておった」

「そうですよ。市村座の新作興行に、酔いどれ様は杜若半四郎様と共演なされて江戸じゅうを騒がせた上に、おりょう様までご披露なされましたものね」

と二人が言い合った。

「普段無沙汰をしておきながら、いささか気が引けるが、今宵は火急な頼みがあって参った」

と応じた小籐次を、二人は玄関脇の供待ち部屋に入れた。小籐次は手短に頼みごとを告げると、

「中田どの、おしんどの、人ひとりの命が関わる話にござる。なんとか手が打てぬものか。備前屋の隠居梅五郎どのを秋本家の屋敷外に出してもらえれば、あとはなんとでもこちらで致す」

「たしか秋本様は出火之節見廻役を務めておられましたが、失態ありと寄合席に落とされた

お方でしたね」

とおしんが即座に応じた。

「いかにもさよう。先代は京都奉行職を務め上げられたお方じゃそうな」

「赤目様、当代の評判は芳しくありませんな。すでに他人に譲った別邸に火を付けるなど、常人の考えることではございません」

「川向こうの屋敷に火を付けるまでには、一日二日の余裕がございましょう。気になるのは備前屋の隠居の身にござる」

「ご存じのように、直参旗本は御目付の監督下にございます。ですが、事は急を要しそうにございますので、殿と相談の上、うちから秋本家に家臣を遣わし、行動を牽制するとともに、御目付にも人を走らせます」

と中田新八が密偵らしく迅速な決断を口にした。

「お願い申す」

「赤目様はどうなさいますな」

「それがし、下谷三筋町の秋本家の本邸前に待機しております」

「われらも事を急がせますで、赤目様、自重下され。秋本家はもしこのことが表沙汰になれば、お取り潰しは間違いございません。それは殿も避けたいと考えておられましょう」

と老中青山忠裕の密偵中田新八が言い切り、小籐次も頷いた。

小籐次と神太郎は四つ（午前十時）の刻限、直参旗本秋本家の門前に老中青山忠裕の使者を乗せた乗物が到着し、表門を叩いて火急の訪《おとな》いを告げる様子を下谷三筋町の辻から見守っていた。

筋違御門の青山邸を出た小籐次は再び神田川を下って、浅草駒形堂の船着場に小舟を寄せ、小走りに備前屋に戻った。すると表戸は下ろされていたが、戸が一枚開けられて明かりが表に洩れていた。

「ただ今戻った。ご隠居は戻られたか」

と小籐次が広土間に飛び込むと、板の間に待機していた神太郎らが一斉に首を横に振った。

「老中青山様に話を通してきた。お使者がおっつけ秋本家に姿を見せられよう。しばし時を貸して下され」

と願い、踵を返して備前屋から下谷三筋町に向かおうとすると、おふさが、

「赤目様、まず喉の渇きを抑えて下さいまし」

と大丼に酒を注いできた。

「これは造作をかける」

「いえ、お義父《とっ》つぁんが自分でやったことで、却って赤目様に迷惑をかけております」

小籐次は厚意の大丼の酒をくいっと飲み干した。

「赤目様、秋本様のお屋敷に参られますか」

と神太郎が小籐次に尋ねた。

「そう致す所存じゃが」

「わっしをお伴に願えませんか。家にいてもどうにも落ち着かないんで」

小籐次は倅の気持ちを察して許した。するとおふさが、

「おまえさん、酒と握り飯を持っていきなよ」

と神太郎に持たせたのだ。


秋本家の表門が慌てて開かれ、老中青山忠裕の使いを中に入れて、再び門が閉じられた。

それから四半刻が経っていた。

「くそっ」

と神太郎が苛立《いらだ》ちを抑えきれず罵り声を上げた。

小籐次と神太郎は、秋本家の表門と横木戸が見通せる下谷三筋町の辻の暗がりに腰を据え

ていた。

小籐次は地べたに腰を下ろすと、おふさの用意してくれた竹皮包みの握り飯に添えてあった大根の古漬けを菜に、神太郎が抱えてきた貧乏徳利から酒をちびちびと飲みながら、時が過ぎるのを待った。

下谷三筋町に二度めの提灯の明かりが浮かんで、御目付一行が秋本家の門前に到着し、門内に消えた。

「さて秋本順道様、頑張りきれるかのう」

と小籐次が呟いたとき、
ぎいっ
と閉じられていた門が開かれて、老中青山家の行列が姿を見せた。

小籐次はその中に中田新八の姿があることを見てとっていた。

「あとは御目付どののお力に縋《すが》るしかないが」

夜半九つ（十二時）前に秋本家の門が開かれ、御目付一行が姿を見せて、向柳原の方角へと武家地の間を消えていった。

「親父はどうなったんでございましょうな」

と神太郎の声が震えていた。

小籐次はゆっくりと立ち上がった。

すでに秋本家の表門はだれをも拒むように閉ざされていた。が、通用門が、
きいっ
と耳目を避けるように開かれて、羽織姿の年寄りがふらふらと外に出てきた。

「親父」

と神太郎が走り寄った。

小籐次も半分ほど残った貧乏徳利を提げて、神太郎に続いた。

「ご隠居、怪我はござらぬか」

「おおっ、神太郎に酔いどれ様か。無体な話だぜ。こちらが事を分けて石動用人にお願い申しているのに、いきなり蔵の中に連れ込みやがってよ、知らん振りだ」

「親父、心配したぜ」

「心配だって。この備前屋の梅五郎、旗本なんぞ怖くねえや」

梅五郎が虚勢を張ってみせた。

その時、小籐次は閉じられた通用門の中に潜む殺気を感じとっていた。

「門内の方々にもの申す。老中青山様と御目付方の気遣いを無駄にしてはならぬ」

と言い放ち、

「ご隠居、神太郎どの、ちと遅うなったが、お店に戻ろうか」

と優しく誘いかけたものだ。

四

澄み渡った秋晴れの日が続いた。

隅田川左岸の須崎村の望外川荘に、大工、左官、庭師、経師屋、板金師、畳職など大勢の職人衆が集まり、総普請奉行久慈屋昌右衛門の下、忙しげに働いた。

元々、京都を代表する棟梁土佐金こと金五郎が手掛けた建物と庭だ。旧主のこの数年の荒れた暮らしを反映して傷んだ箇所はあったが、そう酷《ひど》い修繕は見られなかった。

十日余りが瞬く間に過ぎていった。

その間、赤目小籐次は古竹で座敷の行灯を黙々と拵えた。

手入れの最後の日に、北村おりょうの両親の舜藍、お紅夫婦、さらには水野監物、登季の夫婦が望外川荘の見物に来て、昌右衛門を案内役に見て回った。

庭の泉水に突き出た茶室に一行が来たとき、小籐次が池の端から手折ってきた紫式部の一枝をおりょうが茶室の床の間に活け、軒下に小籐次が自ら工夫した軒行灯をかけたところだった。

茶釜の湯が立つ音が静かに辺りに響いていた。

「赤目様、水野の殿様と奥方様、おりょう様のご両親様にございますぞ」

小籐次は軒下から庭に下がって片膝を突き、二組の夫婦を迎えた。

「赤目小籐次どの、おりょうの嫁入り仕度はわが水野家の仕事であったが、此度はそなたにすべて世話になったな」

と水野監物が笑いかけた。

「水野様、それがしは皆々様の使い走りにございます。此度のこと、久慈屋の大旦那昌右衛門様、大番頭観右衛門どの方にすべて整えて頂き、それがしは右往左往しただけにございます」

「赤目様はいつも控えめなお方。だれもが、此度の仕掛けは赤目小籐次様なくばこううまく事は運ばなかったと申されておりましたよ」

と登季が微笑みかけた。

「お登季様、赤目小籐次を買い被っておられます」

「そう聞いておきましょうかな」

「この北村舜藍、娘のおりょうが住むという庵を見て、ただただ仰天しております。土佐金の手になる家と庭、江戸じゅう探してもこの屋敷しかございますまい。いやはや度肝を抜かれて、奥と二人、最前から言葉もない次第にござる。赤目小籐次どの、われら、そなたのご厚意、お心遣い、終生忘れは致しませぬ。今後ともおりょうをよしなに見守って下され」

と舜藍が願い、小籐次はただその場に頭を下げているしかなかった。

「殿様、奥方様、父上、母上、久慈屋様。一服差し上げとうございます」

とのおりょうの声がにじり口の向こうから聞こえて、五人がにじり口に消え、最後に昌右衛門が潜りから続いた。

茶室から静かなどよめきが聞こえた。

小籐次は茶室の佇まいを脳裏に思い描いた。

北向きのにじり口にはすのこ縁があり、にじり口を入ると茶室は四畳半、一間の床は藁入りの渋い土壁、床柱は北山杉、床天井もまた杉の一枚板だ。南に面した壁には腰高障子が嵌め込まれ、障子を開くと泉水越しに浅草川の秋景色を望むことができた。

全体の構えは女主に似つかわしい端整なものだった。それでいて艶も感じさせた。

茶室から釜の湯が沸き立つ音と、おりょうが使う茶杓《ちゃしゃく》の心地よい音が、小籐次の耳に響き、小籐次は平穏な気持ちになった。

どれほどの時間が流れたか。

「赤目様」

とおりょうの声がした。

「なんぞ御用にござりましょうか」

「この場に欠けたものがございます」

「ほう、なんでございましょう。それがしにお命じ下され」

「赤目小籐次様、茶室にお入り下さりませ」

「おりょう様、それがし、作業着にございますれば、茶室の外にて伺います」

「いえ、お入り下さりませ」

とおりょうの声が重ねて命じた。

「正客様方の目を汚すことになります」

「いえ、どうかおりょうの命に従うて下され」

小籐次は脇差だけを差したなりを見た。

筒袖に竹屑が付着していた。それを静かに手で払い、膝の抜けた軽衫《カルサン》の裾を叩《はた》いてにじり口に頭を差しいれた。すると主のおりょうをはじめ、五人の客が小籐次を見ていた。

にじり口の前に座した小籐次が、

「御用をお聞き致します」

と願った。

「用などございませぬ。いえ、もはや用は済みました」

「なんと仰いますな」

「私が所望したは、赤目小籐次様の身一つ」

と笑みを湛《たた》えた顔でおりょうが言い、

「北村おりょうが全霊を込めた一服、赤目小籐次様に味おうて頂きとうございます」

と見事なお点前《てまえ》を披露すると、古薩摩と思しい茶碗が小籐次の前に供された。

「おりょう様、それがしに恥を掻かせる魂胆にございますか」

「なんのなんの、赤目様はいつも茶の心得などないと謙遜《けんそん》なされます。ですが、赤目様は酔いどれ流の酒の宗匠にございますれば、小さな酒器に天地空を入れて豪快に飲み干される秘芸の持ち主。おりょうはよう承知しております。それを皆様の前でご披露なされませ」

「おりょう様」

ともくず蟹の顔が紅潮し、困惑の体であった。

「赤目様、この場にあるお方は皆、赤目様と心易き方々ばかり、恥を掻いたとて何ほどのことがございましょう」

と昌右衛門も勧めた。

もはや小籐次も覚悟を決めるしかない。一座に一礼した。

「ご一統様のお許しゆえ、酔いどれ流の無芸ご披露致します。非礼の段はお許しあれ」

小籐次は古薩摩の茶碗に両手を添えた。

その瞬間、この器が元々茶器として造られたものではないような大きさというかかたちというか、そんな手触りを掌《てのひら》に覚えた。

小籐次に嗜《たしな》みや知識があったわけではない。ただそう手が思っただけだ。

「おりょう様、わが手の茶碗、本来なんの道具にございますな」

「赤目様、なんと思われますか」

おりょうが笑った。

「飯茶碗と言いたいがそうではない。かと申して酒器ではございますまい。はて、その先が」

「赤目様、薩摩の蕎麦碗にございます」

おりょうの答えに一座が感嘆し、

「頂戴申す」

という小籐次の声が改めて響いた。

小籐次は、古薩摩は黒薩摩の風情を眺めた。

薩摩という国を小籐次は知らなかった。だが、小さな蕎麦碗に異郷を偲《しの》ばせる景色があった。

両手に抱えた茶碗の縁に口をつけた。茶の香りが小籐次の鼻腔に漂い、眼前でたゆたう抹茶の海が薩摩を、見知らぬ地を想起させた。

喉に、香りと薩摩とおりょうの手並みを喫して、満足げに茶碗を下ろした。

「お見事な所作にございますな。私は、役目柄、数多の抹茶家、茶人の喫し方を拝見して参りましたがな、赤目小籐次どののように豪快にして繊細な喫し方、初めてにございます」

と舜藍が驚きの表情を見せた。

「舜藍様、一芸に秀でたお方は、市村座の舞台に立とうが茶室で接待を受けようが、堂々としてかたちになるものですな」

と昌右衛門が『薬研堀宵之蛍火』の舞台を持ち出して言った。

「久慈屋どの、いかにもさようであったな。眼千両の岩井半四郎丈にもひけをとらぬ男《おのこ》、旗本八万騎に一人としておるまい」

「おまえ様、私も舞台を見とうございましたよ。おりょうばかりが招かれて」

とお紅が舜藍に文句をつけた。

「母上、岩井半四郎様が赤目様をお招きになった舞台に、赤目様のご好意で私と奥方様が誘われたのでございます。無理を申されますな」

「赤目様、この次はおりょうの母親もお忘れなくな」

と釘を刺された小籐次が、はっ、と答えて受けた。

「おりょう、この茶室には名がないのか」

と水野監物が訊いた。

「はて、聞いておりませぬが」

「旧主は茶より酒がお好みとみえて、この茶室も疎かな扱いを受けていたようです。どうです、おりょう様が名付けられては」

と昌右衛門が勧めた。

おりょうはしばし思案した末に、

「赤目様に名付け親を願いとうございます」

とまた小籐次を立てて願った。

「おりょう様、それがしをそう万座の前でいじめんで下され。不粋な酔いどれ小籐次に、そのようなことができるわけもございません」

と小籐次が小さな体をさらに縮めた。

「不粋な酔いどれ様とは、またご謙遜にございます」

　と呟いたおりょうが、

「茶の心は酔うて為らず酔わずて為らず、その粋は四畳半座敷から宇宙を見るが如《ごと》くに融通《ゆうずう》無碍《むげ》と考えております。赤目様のお言葉から、不酔《ぶすい》庵と名付けては如何《いかが》にございましょうか」

「おりょう、不酔庵か、よい名じゃが」

　と応じたのは水野監物だ。だが、しばし考えた監物がにっこりと笑い、

「不酔《ぶすい》庵と濁らず、不酔《ふすい》庵としたほうが、おりょうらしく柔らかくはないか」

「殿様、それはよいお考えかと存じます」

　昌右衛門が即座に受け、腰の矢立てを抜いた北村舜藍がさらさらと懐紙に、

「不酔庵」

　と書いて皆に見せた。

「できましたな。舜藍様、他日、紙を届けさせますので、不酔庵と今少し大きく書いて頂けませんか。おりょう様のお許しを得てのことですが、扁額を拵えさせます」

　と昌右衛門が請け合った。

「ともあれ、北村おりょう様の新しい旅立ちにございます。これからも皆様のお力をお借り

せねばなりませぬ」

「久慈屋に水野家、はては赤目小籐次どのが後見とは、おりょうも幸せな旅立ちじゃな。ただ案ずるは、門弟衆が集まってくれるかどうか」

「舜藍様、そのことを心配なさることはなに一つございませんぞ。この商人昌右衛門の目は、千客万来と見ましたがな」

「歌の門弟が千客万来などとは万々あるまいが、女ひとりなんとしても食うていかぬとな」

と男親の舜藍の心配は尽きなかった。

「ともあれ、明日は引っ越しにございます。うちの人足を大和横丁に参らせますでな、おりょう様、宜しく願います」

と久慈屋の言葉で不酔庵での茶会が終わった。


池の船着場からすべての船が消えた夕暮れ、小籐次は一人望外川荘を見回った。

この屋敷に泊まり込むのも最後の夜だ。明日からは真の主の北村おりょうの住まいとなる。

(なんとか役目を果たした)

と小籐次は、百助の小屋に戻ろうとした。

その時、望外川荘が何者かに見張られているような気がした。

小籐次は、折角、老中青山様、御目付衆のお情けで首をつないだ譜代旗本三千百五十石、潰すことにならねばよいがと考えながら百助の小屋に戻った。

「百助、明日からは新しい女主を迎える前祝いじゃぞ。今宵は夜を徹して酒を酌み交わそうかのう」

と興奮した小籐次の声が響き、

「酔いどれ小籐次様と酒の飲みっくらけ。そりゃ、無理なこった」

と満更でもない百助の声が応じた。

一刻（二時間）、一刻半（三時間）と、小屋から酒に酔った喚き声が響き、

「おりゃ、もう駄目だ」

と百助の声が洟れて、小籐次一人が黙々と独酌する気配が夜半九つ過ぎまで続き、ごとり

と板の間に倒れ伏したような物音がして、小屋から鼾が聞こえてきた。

さらに半刻後、池の船着場に櫓の音がして、何人もの人影が船から岸辺に飛んだ。そして、中から門扉が開かれて、人影が望外川荘の敷地に入り込んだ。

一行が目指したのは不酔庵だ。

土間庇《びさし》の下で動きを止めた一行が持参の種火を松明に移そうとした。

そのとき、茶室の内部で人の気配がした。

「たれぞいるではないか」

と自らの立場を忘れた声がした。

「そのようなわけはございません」

とこの望外川荘には馴染みの声が応じた。

秋本信濃守順道と石動用人の二人が掛け合う声だった。

不酔庵のにじり口が開く音がして、人が忍び出た気配が確かにした。

「何者かがおるぞ、石動」

「おかしゅうございますな」

と主従が言い合う視界に、菅笠をかぶった小籐次が立った。

「酔いどれ小籐次」

「いかにも赤目小籐次じゃ。そなたら、なにを致そうという所存か」

「知れたこと、この庭屋敷は秋本家のものじゃ、他人には渡さぬ。灰燼《かいじん》に帰して先代にお詫び申す」

「秋本順道、途方もない勘違いを致したな。それでは譜代旗本秋本の家を守り抜いてきた先祖も泣こう」

小姓と思える家来がようやく種火を松明に灯した。

「甚之丈、まずは茶室を焼き払え。つづいて屋敷もな」

と秋本順道の狂気に満ちた声が命じた。

「殿」

と縋るような小姓の声がした。

「早う致せ」

小姓が松明を庇下に翳した。

小籐次の手が菅笠の竹骨の間から竹とんぼを抜くと、指の間で一気に捻った。

ぶうん
と松明に照らされた竹とんぼが一旦地表に下りて姿を消した。

松明の炎が軒下に炎を移そうとした。

その瞬間、地表から飛び上がって姿を見せた竹とんぼの羽先が、小姓の甚之丈の手の甲を切り裂き、血飛沫《ちしぶき》を飛ばすと松明を土間に落とした。

「おのれ」

と秋本順道が、

「たれぞ長刀を持て」

と命じた。

その時には小籐次の小さな体が松明の燃え盛る土間まで、
つつつつ
と走り寄ると、足先で松明の幹を蹴り上げて泉水に投げ込んだ。

「秋本、そなたは柳生新陰流やら長刀を遣うそうじゃが、殿様芸も今宵が最後と思え」

「吐《ぬ》かしおったな」

秋本が不酔庵から離れ、月光が差す庭に出て長刀を翳した。主に従って、家来らが刀をかたちばかり抜き連れた。石動用人が、

「赤目小籐次とて人間じゃぞ。皆で押し包んで斬り刻め」

と命じた。

「愚か者が」

小籐次の手が脇差の柄にかかり一気に抜き上げると、石動用人の胸に抛《なげう》った。月光を刃に受けて飛んだ脇差の切っ先が、不意を衝かれた石動の胸に深々と突き立った。

うっ
呻き声を上げた石動が尻餅をつくように庭に斃れ込んだ。

「さて、始末をつけるのは残り一人」

小籐次は腰に残った次直刃渡り二尺一寸三分を静かに抜くと、長刀を構えた秋本順道に切っ先を向けた。

「爺、成敗してくれん」

長刀の反りの強い刃がゆっくりと小籐次に向けられた。

間合いは一間半。

家来たちは主の動きを見守る姿勢を見せた。

小籐次が不意を衝いて抛った脇差の妙技に腰が引けていた。石動用人が一瞬裡《り》に命を絶たれた壮絶さに身を竦めていた。

「秋本家に嫡男はおるか」

と小籐次が家来の一人をひたと睨んだ。

御鑓拝借、小金井橋十三人斬りの勇者に睨まれた家来はがくがくと頷き、

「若様は聡明なお子にございます」

「運がよければ秋本家の相続が認められよう。それもこれも、こやつの死に方次第よ」

と吐き捨てた小籐次に、

「おのれ、増長者が！」

と長刀を振り翳した秋本順道が踏み込み、小籐次の肩口を袈裟に斬り下げた。

だが、一瞬早く小籐次も動いていた。踏み込んでくる秋本の喉元に次直の切っ先をすいっと翻した。

ぱあっ
と月光を浴びて血飛沫が飛び散った。

どどどっ
小籐次の宣告を立ち竦んだままの秋本が聞き、その直後に、

「来島水軍流漣」

と横倒しに斃れ伏した。

望外川荘に声もない。

次直に血ぶりをくれた小籐次が鞘に戻すと、石動用人の骸に歩み寄り、胸に突き立った脇差を抜いた。

「亡骸二つを屋敷に持ち帰り、明日にも御目付に、主病死の届けと嫡男相続の届けを出せ。同時に、老中青山忠裕様に赤目小籐次の口添えありと願い出れば、お聞き届けあらん」

と宣告した。

残った家来どもが主と用人の二体を船着場へと運んで消え、望外川荘の庭に小籐次一人が残った。

「この屋敷の主は北村おりょう様よ」

と呟きが洩れて、月が雲間に隠れたか、望外川荘と不酔庵が闇に沈んだ。

この作品は書き下ろしです。原稿枚数374枚（400字詰め）。

幻冬舎文庫

●最新刊
糸針屋見立帖　逃げる女
稲葉　稔

「わたし……売られてきたんです」。糸針屋ふじ屋の前で倒れていた若い女・お夕はそう言って泣いた。千早と夏は、女衒に追われる訳ありの娘を救えるのか？　大人気時代小説シリーズ第三弾！

●最新刊
ぐずろ兵衛うにゃ桜　春雷《しゅんらい》
坂岡　真

古着屋の元締めが殺された。横着者の岡っ引き・六兵衛は下手人捜しに奔走するが、ご禁制の巨砲の図面を手に入れたことから、義父と共に命を狙われてしまう。異色捕物帳、陰謀渦巻く第三弾！

●最新刊
黒衣忍び人
和久田正明

越後国九十九藩で極秘の城改築計画が。藩内には幕府の間諜が蠢いている。お上に知られればお家断絶――。武田忍者の末裔・狼火隼人と柳生一族の死闘が始まる。血湧き肉躍る隠密娯楽活劇！

●最新刊
太郎が恋をする頃までには…
栗原美和子

恋に仕事に突っ走ってきた42歳の五十嵐今日子が離婚歴ありの猿まわし師と突然結婚。互いの寂しさを感じ、強く惹かれ合う二人。ある夜、彼は一族の歴史を語り始めた……。慟哭の恋愛小説！

●最新刊
勘三郎、荒ぶる
小松成美

平成十七年、中村勘九郎は十八代目中村勘三郎を襲名。勘九郎としての激動のラスト四年間に加え、勘三郎となりさらに情熱を燃やす日々を綴る。戦い続ける男の姿が胸に迫る公認ノンフィクション。

酔《よ》いどれ小籐次《ことうじ》留書《とめがき》

野分一過《のわきいっか》

佐伯泰英《さえきやすひで》

平成22年2月10日　初版発行

発行人――石原正康
編集人――菊地朱雅子
発行所――株式会社幻冬舎
〒151-0051東京都渋谷区千駄ヶ谷4-9-7
電話　03(5411)6222(営業)
　　　03(5411)6211(編集)
　　振替00120-8-767643
印刷・製本―中央精版印刷株式会社
装丁者――高橋雅之

万一、落丁乱丁のある場合は送料小社負担で
お取替致します。小社宛にお送り下さい。
定価はカバーに表示してあります。
Printed in Japan © Yasuhide Saeki 2010

幻冬舎文庫

ISBN978-4-344-41432-7　C0193　さ-11-13